부산에서 살던 때가
그립습니다

여운규

 부산에서 살던 때가

서울로 날아간 부산갈매기 이야기 그립습니다

차례

책을 내며_006

제1부 / 부산에서 살던 때가 그립습니다

제1장 | 부산을 살다_015

보수동 책방골목, 203 계단 | 아버지와 함께한 67일 | 대연동, 작은 골목길 | K형의 추억 | 똥천강은 흘러야 한다 | 두 극장 이야기 | 광안리 바닷가 | 너무 예뻤던 우리 학교 | 매축지 이야기 | 서면, 공포의 두루마리 화장지 | 나는 '출향인사'였다 | 부산도 시골입니까? | 골목상대 해운대 | 부산은 산이다 | 다행히 장마전선은?

제2장 | 부산에서 먹다_089

못골시장 새우튀김 | 모성의 꼼장어 | 돼지국밥 이야기 | 재첩국 | 다리집 떡볶이 변천사 | 밀치회의 맛 | 양곱창 골목 | 시장통 중국집 사장님 | 부산에는 부산 오뎅이 없다 | 오뎅 바의 메로뎅 | 서울 음식, 부산 음식 | 해장국집 이야기

제3장 | 부산하면 롯데_155

번데기 야구단 | 어린 시절 그 야구팀 | 첫 경기, 첫 홈런 | 롯데 자이언츠, 그 운명의 이름 | 나의 영웅 최동원 | 그 여름, 구덕야구장 | 사직구장, 그물 타던 아재들 | 야구장의 먹을거리들 | 롯데 팬으로 산다는 것 | 어느 롯데 팬의 기도 | 롯데 팬은 세대전승 | 1사 2, 3루 | 사직 아재의 잠실구장 방문기

제2부 / 하숙집 블루스

제1장 | 신림동 시절_215

부산을 떠나다 | 말 없는 룸메이트 | 옆방 A씨-1 | 옆방 A씨-2 | 하숙집의 세 딸들 | 낙방 | 귀향

제2장 | 반지하의 제왕_249

다시 하숙으로 | S형을 만나다 | 나도 명함이 있었으면 | 점화식 | 여행을 떠나요 | 이걸 우리가 어떻게 다 먹어요 | 가을은 야구의 계절 | S형, 떠나다 | 반지를 던져버린 프로도처럼

제3장 | 가자, 장미여관으로_288

여기는 '지부' | J라는 친구 | 사랑이 꽃피는 장미여관 | 행복한 순간은 오래 가지 않는다 | 고백-1 | 고백-2 | 아듀, 장미여관

에필로그_320

열차에서 내린다. 익숙한 바닷바람이 느껴진다. 흐린 날이면 부둣가의 짠내가 그대로 실려오기도 한다. 부산에 왔음을 실감하는 순간이다.

내가 태어나고 자란 곳이지만, 그곳에서만 머물렀다면 이 바람을 결코 별스럽게 느낄 수는 없었을 터였다. 많은 기억을 일깨우는 습하고 따스운 감각. 돼지국밥 냄새가 섞인 것도 같고, 자갈치 아지매의 고함소리도 함께 따라오는 듯한 이 바람의 느낌은 집을 떠나 나그네가 된 다음에야 오롯이 와 닿는다.

부산은 독특한 곳이다. 바다를 향해 열려 있지만 바닷가 바로 앞까지 산자락이 쫓아와 있다. 사람들은 산비탈에 집을 짓고 바다를 가슴에 품고 산다. 누군가에게는 돌아가야 할

집이지만 또 다른 누군가에게는 집 떠나 정착한 타향이다. 인구 300만의 대도시이지만, 서울에서 보자면 주변부에 불과하다. 젊은이들은 부산을 떠나고, 떠난 다음에야 바다 냄새를 사무치게 그리워한다. 모순되고 불안하지만 아름답고 활기찬 곳이기도 하다.

부산 사람들은 목소리가 크고, 말투는 투박하며, 음식은 짜게 먹는다. 낯선 사람에게는 두렵게 다가오기도 하지만 한 번 마음을 주면 오랜 시간 변하지 않고 묵묵히 정을 준다. 20년 넘게 우승을 못해본 야구팀에게도 한 번 준 사랑을 거두지 않는 사람들이다. 때로 촌스럽고 미욱하여 피하고 싶었던 그들의 마음이 내 핏줄에도 살아 있음을 느끼는 순간이 있다.

부산을 떠난 지 스무 해를 넘기자 비로소 그 곳에서 보낸 스물다섯 해를 제대로 돌아볼 생각이 들었다. 이 책은 그저 특별할 것 없는 개인의 기록이지만, 어떤 평범한 사내가 자신의 태를 묻은 항구도시와 그 곳 사람들에게 보내는 연서 정도로 생각해주면 좋겠다. 그 이상도 그 이하도 아니다.

이 책은 두 부분으로 되어 있다. 제1부는 책 제목 그대로이며, 내가 부산에서 살았던 때의 얘기다. 살아온 곳, 먹었던 것 그리고 롯데 야구에 대한 내 기억들이다.

제2부는 내가 서울로 올라와서 하숙할 때 겪은 일을 재구

성한 것이다. 10년쯤 전 엠파스 블로그에 연재했던 글을 일부 고치고 갈무리했다. '하숙집 블루스'라는 제목도 그대로 따왔다. 부산에서 살던 때의 얘기는 아니지만 나름의 의미는 있을 거라 생각한다.

내 말과 행동과 글쓰기의 근원에 부산이 있음을 발견하고, 속에 담긴 이야기를 풀어내보라고 제안해주신 글항아리 강성민 대표님께 제일 먼저 감사드린다. 그렇게 다가와주지 않았다면 그저 페이스북 한 페이지에나 묻혔을 법한 얘기들이었다. 그런 점에서 소설가 김서령 작가님께도 무한한 감사를 거둘 길이 없다. 어서 출판사를 찾아가서 책을 내보라는 격려가 없었다면 나는 용기를 내지 못했을 것이다. 그저 일기 쓰듯 써 내린 밋밋한 글에 멋진 사진으로 생명을 불어넣어주신 김성기 작가님께 특히 고맙다는 말씀 드리고 싶다. 앞으로도 좋은 작품 많이 남겨주시길 기원한다.

블로그와 페이스북을 하면서 알게 된 수많은 친구에게도 감사를 전한다. 실제로 만났거나 아니면 그저 사이버 공간에서 알고 지냈는지를 막론하고 그 분들은 내 보잘것없는 얘기에 공감해주고 따뜻한 시선을 보내주셨다. 그 분들과 소통하면서 나는 많이 자랐고, 삶의 다양한 모습을 받아 안을 수 있었다. 소셜 미디어가 인생의 낭비라고? 나는 전혀 그렇게 생각하지 않는다.

나와 기억을 공유하고, 내 삶을 함께 한 부산의 많은 친구, 선생님, 친척, 친지에게 고맙다. 그리고 서울에 와서 만난 사람들, 하숙집 아주머니와 보고 싶은 룸메이트들, 모두모두 그립다. 직장 생활을 같이 하면서 고락을 나누고 있는 회사 선배, 동료들에게도 존경과 사랑을 전한다. 20년도 훨씬 넘게 내 곁을 지키며 변치 않는 우정을 나누고 있는 편도준 형, 배준한 형, 박경탁에게 고맙다. 부산의 김성수, 임정훈에게도. 모두모두 건강하고 행복하길.

그리고, 그 누구보다도,

내 영원한 반려자 희진에게 무엇과도 바꿀 수 없는 감사와 사랑을 전한다. 내 삶은 그녀가 없이는 완성되지 못했을 것이다. 또한 소중한 우리 아이들 민후, 지후에게 아빠의 사랑과 격려를 한아름 담아 보낸다. 내 삶에 주어진 가장 큰 선물들에게 아빠가 책 한 권 선물한다.

마지막으로, 이 모든 것을 가능하게 하신 내 어머니께 이 책을 바친다.

어머니, 감사합니다. 사랑합니다.

2017년 7월
서울에서
여운규

제1부

부산에서 살던 때가
그립습니다

제1장

_____

부산을
살다

_____

보수동 책방골목, 203 계단

부산시 중구 보수동 1가 59번지. 나의 본적지다. 내가 태어난 곳이라고 했다. 너무 어릴 때 떠나온 곳이라 내 기억엔 없다. 하지만 나의 친할머니는 살아생전 말씀하시길, 아기였을 때 나를 업고 산책 나오면 보수초등학교 운동장에 있던 이순신 장군 동상이 무섭다고 하도 울어대서 돌아가야만 했다고 하셨다. 그러니 내가 태어난 집은 그 학교에서 멀지 않은 곳일 터였다.

할머니는 윗동네에 사셨다. 어디냐 하면 지금은 관광지로도 유명한 책방골목, 바로 그 뒤편에 있는 산중턱이었다. 나는 어려서 보수동을 떠났지만, 할머니는 여전히 이 동네를 지키고 계셨다. 어릴 때, 할머니 댁을 가자면 정말 큰 결심이 필요했다. 책방골목으로 접어들었다가 오른편에 나타나는 가파른 계단길을 계속 올라가야 했기 때문이다. 곧 끝나겠거니 하던 계단은 굽이굽이 돌아 계속된다. 한참을 그렇게 올라가다보면 어느 순간 계단 양쪽으로 집들이 다닥다닥 붙어 있는 동네가 나오고, 그 가운데쯤 오른쪽에 할머니와 할아버지가 사시던 조그만 집이 나왔다. 하루는 할머니 집까지 올라가는 계단이 몇 개나 되나 하고 세어본 적이 있는데, 정확하게 203개가 나왔다. 계단은 할머니 집을 지나 더 계속되었고, 그 끝에는 산복도로가 있었다. 나는 계단을 오르락내리락 하며 놀다가 산복도로에 올라가서 경치를 보기도 했고, 계단 한켠에 있는 가게에서 쭈쭈바를 사서 물고는 바로 옆 만화방에 가거나 하며 놀았다.

높이도 불규칙하고 굽이굽이 꼬불거리는 계단길을 할머니 할아버지는 매일 오르내리셨다. 할아버지는 용두산 공원 초입에서 자그만 인쇄소를 운영하셨다. 가끔 내가 놀러가면 인쇄소 구경을 시켜주셨는데, 사무실 지하에는 엄청나게 시끄러운 소리를 내는 기계가 마른멸치 박스 같은 것을 철컥철컥 찍어내곤 했다.

할아버지는 매일 아침 203 계단을 내려오셔서 큰길을 건넌 다음, 용두산 공원까지 다시 올라가서는 배드민턴을 치셨다. 그리고 다시 계단을 되짚어 올라와서 조용히 아침 기도를 하고, 집안 곳곳에 성수를 뿌리셨다. 그런 뒤 아침을 드시

책방골목을 지나 오른쪽으로 접어들면 계단길이 시작된다.
계단은 끝없이 이어져 산복도로를 만난다.
허름한 집들과 가게들이 계단 양 옆으로 줄줄이 늘어서 있었다.

©김성기

고는 다시 인쇄소로 출근하셨다. 할머니도 살림하시다가 시장에 갈 일이 있거나 하면 또 203 계단을 터덜터덜 오르내리셨다. 그리고 두 분은 일요일이면 나란히 계단을 내려가서는 용두산 공원 중턱에 있는 중앙성당에서 미사를 보셨다.

당연히 불편한 점이 많은 동네였다. 그 높은 곳까지 분뇨차가 들어올 수 없었으므로 누구네 변소 푸는 날이면 똥지게 진 아저씨들이 가파른 계단을 오르내려야 했다. 게다가 골목이 하도 복잡해서 처음 오는 사람들은 길을 잃기 십상이었다. 지금도 가끔 나는 그 골목을 헤매는 꿈을 꾼다. 끝없는 계단을 오르다가 결국 할머니집을 못 찾는, 그런 꿈을.

그래도 나는 할머니 집이 좋았다.

가끔 혼자 놀러가 할머니 집에서 자는 경우도 있었다. 할아버지, 할머니 사이에 누워 잠을 청하던 그 밤, 까만 방에 켜진 빨간 취침등에 엄마 얼굴이 갑자기 비치는 것 같아서 나는 쿨쩍쿨쩍 울기도 했다. 내일 집에 가면 볼 수 있는 엄마가 왜 그리 그리웠는지는 아직도 모를 일이지만, 빨간 알전구는 또 그렇게 서글펐다.

그러나 밤이 지나고 아침이 밝아올 무렵이 되면 그 높다란 동네는 다른 어디에서도 느낄 수 없는 청량함으로 가득 찼다. 비록 도심이지만 산중턱의 공기는 신선했고, 저 멀리 시가지는 아직 잠에서 깨지 않았는데 어스름 안개 사이로 성당의 종소리가 들려왔다. 그 새벽, 높은 계단을 씩씩하게 밟으며 재첩국 아줌마는 국을 팔려 다녔다.

10살 때 할아버지가 돌아가셨다. 할아버지를 모신 관이 힘겹게 203 계단을 내려갔다. 멸치 박스를 찍어내던 인쇄소를 지나고 두 분이 미사를 드리던 중앙성당을 거쳐 할아버지는 공원묘지 한 귀퉁이에 누우셨다. 할머니는 할아버지를 묻고 다시 올라오는 계단 중간참에 주저앉아 우셨다. 아직 100계단도 못 올라간 곳이었다. 할머니, 울지 마세요. 아직 계단을 100개도 더 올라가야 돼요.

나는 그렇게 말하고 싶었다.

아버지와 함께한 67일

부모님은 부부 교사였다. 어머니는 대구 출신으로 사범대학을 졸업하고 부산으로 왔고, 여자 고등학교에서 가정 과목을 가르치셨다. 아버지는 부산 사람이었다. 역시 고등학교 국어 교사였고, 글을 쓰시는 분이었다. 시도 쓰고 소설도 쓰셨다. 신춘문예 당선 직전 마지막 몇 명까지는 진출한 적이 있다고 했다.

아버지는 나름 당시 부산 바닥에서 꽤 유명했다고, 아버지의 동생, 나의 삼촌께서는 그렇게 회고하셨다.

"내가 말이다, 학교 다닐 때 어떤 여학생을 좀 꼬실라 캤거든. 처음에는 단칼에 거절하더라꼬. 그런데 이 여학생이 나중에 다시 와서 한다는 말이, 혹시 그 분 동생이냐고 묻는기라. 그렇다고 했더니 아아, 그렇냐고. 그라믄 다시 생각해보겠다

카더라니까."

　나는 두 분 사이의 첫 아이였다. 몸이 약한 어머니는 내가 태어나기 전에 몇 번의 유산을 경험하셨다고 했다. 그런 과정을 겪고 가진 아이였으니 무척 조심스러우셨을 텐데, 그래도 내가 태어나기 전날까지 어머니는 학교에 출근을 해야 했단다. 그리하여 어느 봄날, 내가 태어났다.

　그리고는 약 두 달이 지나 여름방학이 되었다. 그 당시에는 방학을 맞은 학생들이 하루 동안 군부대에 입소하여 훈련을 받는 제도가 있었나 보다. 더위가 절정이던 8월 초, 아버지가 담임을 맡고 있던 3학년 학생들이 1일 병영체험을 떠나는 날이었다. 아버지는 학교에 출근해서 학생들을 전송했다. 그때, 반장 학생이 와서는 혹시 병영 일정을 마치고 해수욕장에 가서 좀 놀다가 귀가해도 되는지 물었다. 아버지는 허락했다.

　그런데 그날 오후, 부산 지방에는 강력한 태풍이 몰려왔다. 강한 바람과 함께 비가 억수같이 내리기 시작했다. 학교에 계시던 아버지는 학생들이 걱정됐다.

　"아무래도 내가 가봐야겠소."

　택시를 잡으려는 아버지를 동료 교사가 말렸다.

　"이렇게 비가 오는데 어디를 간단 말이요. 위험해요."

　"그래도 내가 가봐야지. 설마 죽기야 하겠소."

내가 들은 바로는 그게 아버지의 마지막 모습이었다. 빗길 교통사고였다.

나를 낳아준 아버지는 그렇게 세상을 떠났다. 서른 셋. 부모와 형제, 아내와 아들 그리고 제자들을 남겨두고 떠난 아버지의 나이였다.

내가 아버지와 같이 살았던 날은 모두 합쳐 67일이었다.

내 기억에는 단 하루도 남아 있지 않은 날들이었다.

제자들은 뜻을 모아 아버지가 근무하던 학교 교정에 추모비를 세웠다.
몇 년 전 아버지의 기일에는
나와 제자분들이 함께 비석 앞에서 묵념을 드리기도 했다.
모인 사람들은 그때의 아버지보다 훨씬 나이가 들어 있었다.

대연동, 작은 골목길

홀로 되신 어머니는 몇 년 뒤, 나를 데리고 보수동을 떠났다. 어머니의 언니, 그러니까 이모님이 사시던 대연동이 새 삶의 터전이었다. 세 살쯤 되었던 나는 당연히 그때의 기억이 나지 않아야 정상이겠지만, 단 한 장면만은 희한하게도 기억이 난다. 돌맹이 투성이의 공터에서 나는 쭈그려 앉아 있고, 아저씨들이 이삿짐을 나르고 있었다. 아마도 내 기억 속에 저장된 가장 오래된 장면이 아닐까 싶다.

대연동은 옛날에 큰 연못이 있었다고 해서 붙여진 이름이다. 못골이라고도 불렀다. 그 시절 어머니 손을 잡고 찬거리를 사러 가던 시장 이름도 못골시장이었다. 시장은 아직도 있고, 지금은 그 앞에 같은 이름의 전철역도 있다. 하지만 정작 동네 이름의 기원이 되었던 연못은 어디에 있었는지 알 길이 없다. 연못 비슷한 것의 흔적도 찾을 수 없다. 과연 연못은 어떤 모습이었을까.

우리집을 가자면 못골시장을 지나 한참을 걸어가야 했다. 도랑을 복개해서 만든 넓은 길 위로 드문드문 차가 지나다녔고, 쌀집을 지나 구멍가게 앞에서 큰길을 버리고 왼쪽으로 구부러지면 이내 자그마한 골목길이 오른편에 나왔다.

고만고만한 주택들이 어깨를 맞대고 양쪽으로 늘어선 골목길이었다. 「응답하라 1988」에 나왔던 쌍문동 골목길처럼, 그 시절 흔히 볼 수 있는 그런 동네였다. 우리집은 골목 오른편 중간쯤, 여섯 번 째 집이었고, 이모님 댁은 골목 끝쪽에 있는 이층집이었다. 이모님은 아들만 셋을 뒀는데, 내게는 모두 형들이었다. 어머니는 학교에 나가야 했으므로, 나는 골목을 왔다 갔다 하며 이모집과 우리집에서 번갈아 살다시피 했다. 사촌형들은 내게 친형제와 같았고, 나는 이모님의 넷째 아들이었다.

골목은 동네 아이들의 가장 좋은 놀이터였다. 멀지 않은 곳에 어린이 놀이터가 있었고, 뒷산 기슭에는 젖소를 기르는 목장과 제법 넓은 풀밭도 있었지만, 취학 전 유아들과 저학년 아이들에게는 그 골목이 놀기에 가장 만만한 곳이었다. 예나 지금이나 별로 활동적이지 않은 나였지만, 골목에서 하는 공놀이는 참으로 재미난 것이었다. 아이들이 공을 뻥뻥

차대는 통에 집마다 담벼락이며 대문은 몸살을 앓았다. 어쩌다 궤도를 벗어난 공이 남의 집으로 들어가는 것은 그래도 괜찮은 편이었으나, 담벼락 위로 휙 날아간 공에 도둑을 막느라 세워둔 창살 끝에 푹 꽂히면 아까운 축구공은 그날로 생명을 다하는 것이었으니 그 때만큼 안타까운 일이 또 어디 있었나 싶다. 남자 아이들이 그렇게 공놀이를 하는 옆에는 여자 아이들이 고무줄을 매어놓고 폴짝폴짝 뛰며 놀았다.

혼자 놀 때면 나는 옥상에 올라가서 골목을 내려다보거나 멀리 뒷산을 쳐다보기도 했는데, 특히 옆집 마당을 구경하는 걸 좋아했다. 옥상에서 손을 뻗어 이웃집 무화과나무에 열린 무화과를 따먹기도 했고, 옆집에서 기르던 개와 눈을 맞추며 놀기도 했다. 참 순하던 잡종개였다.

어느 날, 이웃집 개가 새끼를 낳았다. 네 마리였다. 옥상에 올라가 있던 나는 마침 마당에서 개한테 먹이를 주던 옆집 아주머니께 물었다.

"아줌마, 강아지 한 마리 저 주시면 안 돼요?"

"오오, 그래. 한 마리 주꾸마. 골라 봐라."

"저어기 하얀 거 주세요."

"하얀 거? 저기 밤색 섞인 기 더 이쁘다 아이가?"

"저는 흰 개가 좋은데예."

그래서 흰둥이는 내 차지가 되었다. 우리집 좁은 마당 구

주변에 높은 건물이 많이 들어왔지만 골목길은 여전히 남아 있다.
저 골목 끝에 이모 집이 있었다.
지금 우리 집에 살고 있는 사람은 꽃을 사랑하는 것 같다.

석에 개집을 들여놓고 목줄을 매어 주었다. 나는 신이 났다. 정작 데리고 와보니 별로 예쁘게 생기지도 않았고, 머리가 좋은 편도 아니었지만 나는 그저 우리 개가 귀엽기만 했다.

그러나, 흰둥이와 나는 그리 오래 같이 있지는 못했다. 그 녀석은 너무 짖는 게 문제였다. 특히 밤에 잠 한 숨 안자고 달을 보고 짖어대는 통에 온 동네 민원을 독차지했다. 지 어미는 그렇지 않았고, 다른 형제들도 얌전했건만 어떻게 얘 혼자 그러는지 알 수가 없었다. 결국 어머니는 개를 다른 곳에 보내야 한다고 말씀하셨다. 나는 아쉬웠지만 결국 그렇게 할 수밖에 없었다.

대연동 골목길과 우리집 그리고 이모님 댁은 약 40년이 지난 지금도 건재하다. 주변 풍경이 모조리 바뀌어버린 걸 생각하면 이 골목이 아직도 남아 있는 것은 기적에 가까운 일이다. 얼마 전 이종 사촌형이 내게 사진 한 장을 보내줬다. 진주에 살고 있는 형은 부산에 간 김에 식구들을 데리고 옛날에 살던 동네를 가보고 싶었던 모양이었다. 골목 어귀에 있던 집 몇 채가 헐린 것을 빼면 골목은 거의 비슷한 모습이었다. 우리집 사진도 있었다. 대문은 새 걸로 바뀌었지만 금방 알아볼 수 있는 어린 시절 그 집이었다. 당장 철문을 열고 들어가면 너무 짖어대던 하얀 강아지가 달려 나와 맞아줄 것 같은 착각이 들 정도였다.

쌍문동 '응팔' 골목은 알고보면 의정부에 지어 놓은 세트장이라고 했다. 그러나 부산 대연동의 작은 골목은 아직 거기에 있다. 요즘도 아이들이 공을 차며 뛰어노는지, 사람들은 옆집 마당을 넘겨다보며 인사를 나누는지 모르겠으나 최소한 40년도 훨씬 넘은 골목길이 남아 있다는 것은 그 자체로 너무나 정겨운 얘기다. 아마도 세월이 더 흐르면 한 집 두 집 사라질지도 모르지만, 더 늦기 전에 한 번 더 가보았으면 싶다. 언젠가 기회가 되어 그 집에서 한 몇 년 다시 살아볼 수 있다면 더 바랄 것도 없겠다.

K형의 추억

대연동 골목길에 있는 집에서 우리는 셋방을 살았다. 방 네 개짜리 단독주택에서 두 개는 주인집이 썼고, 두 개가 우리 차지였다. 어머니와 내가 한 방을 썼고, 옆방 하나는 일하는 누나, 즉 가정부가 쓰는 방이었다. 1970년대였다. 시골에서 많은 여성이 도시로 일자리를 찾아왔고, 인건비가 매우 쌌던 시절이었다. 우리도 셋방을 사는 처지였지만 어머니가 일을 하셔야 해서 가사를 도와줄 사람이 필요했다. 가정부라고는 했지만 어린 내게는 그냥 친누나 같은 존재였다. 몇 년을 주기로 누나가 바뀌기도 했는데, 시집 간 누나들이 우리집에 인사한다고 찾아올 때면 그렇게 반가울 수가 없다.

집주인도 두세 번 바뀌었는데, 마지막 몇 년을 함께 했던 주인댁이 내게는 무척 깊은 인상을 남겼다. 삼천포에서 교장 선생님을 지내고 은퇴하신 할아버지였다. 내가 다니던 학교 교장 선생님과 친구라고 해서 깜짝 놀랐다. 할아버지와 할머니가 안방을 쓰셨고, 부엌이 달린 작은 방은 두 분이 늦게 본 막내아들, K형의 방이었다. 다른 자식들이 이미 결혼해 내 또래의 손녀딸도 있었던 것을 감안하면 당시 중학생이던 K형은 한참 늦둥이인 셈이었다.

K형은 나를 참 귀여워해줬다. 지금 생각해도 내게는 너무나 고마운 사람이다. 막내라서 그랬는지 몰라도 공부에는 크게 열의가 없었던 K형이었다. 고등학교에 진학해서도 막 열심히 공부를 판다기보다는 친구들과 낚시를 다녔고 전자기타를 사서는 노래책을 보며 뚱땅거리는 데 더 열의를 보였던 형이었지만, 그만큼 내게는 멋지고 신비로운 형이었다.

나는 K형을 따라다니며 야구 캐치볼을 배웠고, 형이 기타 치는 걸 보며 나도 언젠가는 기타를 배워야겠다고 다짐했다. 심지어는 형 덕분에 나는 고스톱 룰을 4학년 때 이미 섭렵하기도 했고, 형의 책꽂이에 꽂혀 있던 만화책을 꺼내 보며 놀았다. 덕분에 『고우영 삼국지』는 내 어린 시절 가장 감명 깊게 읽었던 책으로 남아 있다.

하루는 고등학생이 된 형이 공부하고 있는 걸 봤다. 어, 형 공부하나? 하고 슬슬 다가오는 나에게 형은 잔뜩 영어가

적혀 있는 문제집을 내밀면서 말했다.

"이거 봐라. 이게 다 영어다."

"으응… 맞네."

"이거를 1분에 한 문제씩 풀어야 된단다. 이기 말이 되나?"

"아니, 내는 말도 안 된다고 생각한다."

50문제를 50분에 풀어야 한다고 했다. 그건 너무한 일이었다.

"고등학교 가면 이런 공부를 해야 된다."

"와아, 형 진짜 힘들겠다. 우리 나가서 놀자."

나는 뒷날 고등학생이 되었을 때, 영어 시험을 볼 때면 자꾸 그날이 생각나서 혼자 웃었다. 이번 시험은 몇 분에 한 문제인가 하면서.

K형과의 추억에서 잊을 수 없는 하이라이트는 형이 친구들과 떠난 낚시여행에 나를 데리고 가준 거였다. 부산진역에서 출발해 일광까지 완행열차를 타고 떠났던 그날의 낚시는 얼마나 재미있었던가. 마침 그 날 가장 큰 놈을 내가 낚는 사건까지 겹쳐서, 그 더웠던 날은 지금껏 잊지 못할 최고의 추억이 되고 있다. 바닷물을 가르며 딸려 올라오던 하얀 물고기의 아름다운 자태라니. 나는 그날 낚시에 어쩌나 매료되었던지, 잡은 고기를 회를 뜬 형이 이거 한 점 먹어보라고 소리쳐 부르는데도 듣지 못하고 그저 하염없이 낚싯대 끝만 바라보

고 서 있었다.

우리가 대연동을 떠나야 했을 때쯤, 형은 대학 입시를 봤고 무슨 공업전문대학에 합격했다고 했다. 그 소식을 마지막으로 나는 K형과 헤어졌다. 마지막으로 어떻게 인사를 나눴는지, 얼마만큼 섭섭했는지도 지금은 기억에 남아 있지 않다. 그래도 K형은 30년이 지난 지금도 불쑥불쑥 떠오르는 멋진 남자다. 어린 시절 나의 롤 모델이었다.

아들에게는 그런 존재가 필요하다. 바른 길로 인도하고 항상 모범을 보이는 엄한 아버지 같은 사람도 있어야 되지만, 학교 끝난 뒤 책가방 메고 터덜터덜 걸어가는데 부릉부릉 오토바이 몰고 와서는 뭐하냐? 탈래? 물어보고는, 꼭 잡아라 하면서 동네 한 바퀴 휙 돌아주는 쾌활한 삼촌 같은 존재 말이다. 언젠가 어떤 웹툰에서 이런 장면을 보고 나는 단박에 K형을 떠올리고 말았다.[*] 내게는 K형이 그런 사람이었다. 아버지도 형제도 없는데다 소심하고 활동성도 제로에 가까웠던 내게 있어 K형은 새로운 세계를 보여준 사람이었고 그 자체로 놀라운 존재였다. 지금은 초로의 신사가 되어 있을 K형, 여전히 유쾌하게 잘 지내고 있는지 궁금하다.

---

[*] 정철연의 「마조 앤 새디」

똥천강은 흘러야 한다

보수동에서 태어나고 대연동에서 자란 나는, 5학년이 되자 범일동으로 이사를 갔다. 대연동에서 같은 골목에 사시던 이모님 댁이 시민회관 옆에 새로 지은 15층 아파트로 이사를 갔고, 약 1년 뒤 우리도 따라가기로 한 것이다.

나는 다른 것보다 아파트 생활을 하게 되어 신이 나 있었다. 이모집처럼 15층짜리였고, 그중에서도 무려 10층이 우리 집이었다. 엘리베이터를 타고 다니는 삶이라니. 그동안 그게 그렇게 부러웠던 참이었다.

10층은 역시 전망이 좋았다. 엘리베이터 버튼을 누르며 세련된 도시 어린이의 생활을 만끽하고 있을 즈음, 나는 이상하게도 머리가 자주 아프다는 사실을 알았다.

아파트 옆을 흐르는 하천 때문이었다. 강이라기엔 뭣하고

개천이라고 하기엔 규모가 큰 하천. 그것의 정식 이름은 '동천'이었는데, 우리는 거기를 똥천강이라 불렀다. 그도 그럴 것이 동천은 검게 썩어 있었다. 얼마 되지도 않는 물은 흐르지 않고 늘 고여 있었고, 하천 양쪽에는 시커먼 퇴적물이 쌓여 엄청난 냄새를 풍기고 있었다. 누군가 발을 헛디뎌 똥천강에 빠진다면 물에 발을 담그기도 전에 그 시커먼 뻘에 묻혀 죽을 것만 같았다.

평소 버스를 타고 지나가기만 해도 냄새 때문에 창문을 열기 어려웠던 똥천강. 우리는 그 옆 아파트에 살고 있는 거였다. 물론 이사 온 첫날부터 냄새는 났지만, 사람의 후각은 금방 지치는 법. 그저 며칠 지나니 지낼 만했다. 그래도 머리는 가끔 아팠다.

집에서 강을 건너면 남자 중학교가 하나 있었다. 아, 불쌍해. 나는 맨날 그 학교를 보면서 생각했다. 나는 그래도 학교를 가면 똥천강을 안 보고 살 수 있는데. 저 학교 학생들은 하루종일 저 강을 끼고 사네. 불쌍하기도 하지.

그런데 2년 뒤, 내가 바로 그 학교에 입학하게 되는 사건이 벌어졌다. 나는 절망했다. 아니 왜 나는 똥천강을 떠나질 못하나. 정작 우리집은 입학 직전에 광안리로 이사를 갔던 터였으므로 나는 더 기가 막혔다. 어쨌거나 익숙한 냄새, 익숙한 동천이었다. 다른 동네에 살다가 처음 입학한 아이들은 인상을 썼지만 그 때 뿐이었다. 학교에 새로 부임해 오시는 선생님들은 간혹 두통을 호소하셨다. 좀 지나면 괜찮아요 선생님. 우리 학교에 잘 오셨어요.

간혹 상류에 있는 공장에서 화학약품이라도 풀면 희한한 색깔로 변하는 동천, 비가 오면 그나마 물이 좀 불어나던 똥천강과 함께 나의 중학교 생활은 그렇게 냄새를 풍기며 흘러갔다. 수업시간이 지루할 때면 창밖으로 똥천강을 바라봤다. 강변에는 택시 기사들이 차를 세워두고 강을 향해 오줌을 누곤 했다. 어느 날은 태풍이 불어 똥천강이 범람 직전까지 가는 바람에 집에 못 들어간 날도 있었다. 넘치려면 등교하기 전에 좀 넘치지. 우리는 교실에 앉아 하염없이 물이 빠지기만을 기다렸다. 저 썩은 물이 넘치면 어떤 일이 벌어질지 상상하면서.

똥천강을 다시 찾은 것은 내가 부산사무소 발령을 받은 30대 중반의 일이었다. 부산을 떠나 살다가 10여 년 만에 돌아온 고향이었다. 예전에 살던 동네를 하나씩 되짚어가며 추억여행을 하던 내 발걸음은 모교인 중학교 앞에서 멈췄다. 나는 깜짝 놀랐다.

신기한 일이었다. 냄새가 하나도 나지 않았다. 썩은 물이 고여 있던 똥천강이 아니었다. 그렇다고 무슨 푸른 물이 흐르는 아름다운 강으로 변한 건 아니었지만, 우선 양쪽에 쌓

시커먼 퇴적물이 쌓여 악취를 풍기던 똥천강은 몰라보게 변했다.
하지만 저렇게 물이 찰랑찰랑한 동천은 낯설다.
바닷물이었다니 더욱 그렇다.

©김성기

여있던 퇴적물이 깨끗이 사라졌고 물의 양이 눈에 띄게 늘
어나 있었다. 와, 무슨 이런 기적적인 일이. 나는 감격했다. 런
던 템스 강의 부활이 이렇게 극적이었을까. 더 이상 두통에
시달리지 않아도 되는 나의 후배들이 참으로 행복해 보였다.
놀랍게도 동천에는 갈매기도 몇 마리 날아들었다. 안녕, 갈매
기야. 너희도 냄새가 안 나니까 좋지?

　다시 서울로 돌아온 어느 날, 인터넷 검색을 하다가 부산
지역 신문을 보게 되었는데, 거기서 나는 그만 놀라운 기사
를 보게 되었다. 동천에서 다시 조금씩 냄새가 나기 시작한
다는 충격적인 뉴스였다. 그리고 그 기사에서 나는 알았다.
똥천강이 그동안 어떤 변신을 했던가를. 도대체 똥천강에 무
슨 일이 있었던 건가를.

　비밀은 바닷물이었다. 원래부터 동천은 수량도 적고 표고
차가 없어 물이 잘 흐르지 않는 구조였고, 오염에 취약한 하
천이었다. 그래서 조금만 오염물이 들어와도 이를 걸러내지
못해 항상 썩어 있었던 거였는데, 시에서는 고민 끝에 이 하
천을 바닷물로 채워두고 있었던 것이다. 이 얼마나 신선한 발
상이냐. 하천이 썩으면 바닷물을 퍼 와서 채운다. 자연히 오
염물도 씻겨가고 냄새도 안 난다. 아아, 어쩐지 똥천강에 갈
매기가 난다 싶었다. 이제 모든 의문이 풀렸다.

　그런데 이것이 요즘 들어 또 살살 썩기 시작했다는 거다.

난감한 일이었다. 이미 동천강 옆에는 국제금융센터가 들어와 있는 터였다. 이 강이 옛날처럼 냄새를 풍긴다면, 생각하기도 싫은 일이다.

어떻게든 다시 동천이 살아나기를, 나는 멀고먼 서울에서 빌었다. 그 끔찍한 냄새는 1980년대와 함께 영원히 사라져야 하는 거였다.

바닷물을 더 퍼 넣어서라도

똥천강은 흘러야 한다.

두 극장 이야기

두 극장은 나란히 서 있었다. 생긴 모습은 제법 달랐지만 이름은 비슷했고, 크기도 비슷한데다 둘 다 낡은 극장이었으므로 사람들은 둘을 잘 구분하지 못했다. 하나는 삼성극장이고 다른 하나는 삼일극장이었는데, 나는 아직도 왼쪽이 삼성이었는지 오른쪽이 삼일극장이었는지 제대로 기억하지 못한다. 그때 우리는 삼일극장에서 「록키」를 보고서도 삼성극장에 다녀왔다고 말했고, 삼성극장 앞에서 만나기로 해놓고 삼일극장 앞에서 친구를 기다려도 되는 거였다. 두 극장은 나란히 서 있었기 때문이다.

둘은 모두 재개봉관이었다. 막 보급되기 시작한 가정용 VTR이 아직은 완전히 대중화되지 않았을 때였으므로 재개봉관은 나름의 위상을 갖고 있었다. 미처 개봉관에서 보지 못했던 영화를 찾아보려는 사람과, 주머니가 가벼운 학생들이 주 관객층이었다. 중학생 시절 단체 관람을 하러 갔던 기억도 있다. 007 시리즈 중 한 편이 상영되고 있었다.

부산 동구 범일동 일대는 지금도 '조방앞'이라 불린다. 조선방직 공장이 있던 자리란 뜻이다. 또 바로 옆 동네 범천동은 부산이 임시수도였던 때에 교통부 청사가 있었던 자리라고 해서 교통부 앞이라 불리는데, 그곳에도 공장이 많이 있었다고 했다. 공장 노동자들의 휴일을 책임지던 것은 그 일대의 극장들이었다. 부산극장, 부영극장 등이 있던 남포동이나 태화극장, 동보극장이 있던 서면과는 또 다른 분위기였을 것이다. 교통부 앞에서 가장 큰 규모를 자랑하던 보림극장은 한때 남진, 나훈아, 하춘화의 리사이틀이 열렸던 곳으로 유명했지만, 내가 중·고교 시절을 보낸 1980년대 후반에는 이미 동시상영관으로 전락해 있었다. 그러나 삼성과 삼일은 엄연히 재개봉관이었다. 한 편에 1200원을 받았다. 작품도 꽤나 엄선해서 상영하던 기억이 새롭다.

내가 두 극장을 가장 애용했던 시기는 고3때였다. 수학 성적은 아무리 해도 오르지 않았다. 아무래도 좋은 결과를 바라기는 어렵다고 느끼던 그때, 나는 허탈하고 불안한 마음을 달래기 위해 토요일 저녁 무렵이면 항상 극장 앞을 서성거렸다.

극장 안은 정말 지독하게도 쓸쓸했다. 이미 두 극장은 나란히 마지막을 향해 가는 중이었다. 실내에는 오래된 극장 특유의 곰팡내가 가득했고, 토요일 오후라 해도 손님은 열 명 안팎이었다. 그들은 각자 부서진 앞자리 의자 위에 다리를 얹은 채 담배를 피우며 영화를 봤다. 2층에는 매점과 휴게실이 있었는데, 조그만 텔레비전이 야한 비디오를 틀어주고 있었다.

그래도 나는 그때 정말 기억에 남는 영화를 많이 봤다. 「첩혈쌍웅」 같은 홍콩 느와르는 쓸쓸한 극장 분위기랑 정말 잘 어울렸다. 아무 기대 없이 봤던 「노웨이아웃」은 스토리의 반전이 충격적이었고, 「흔들리는 여자」라는 요상한 제목의 영화는 알고 보니 꽤 잘 만든 스릴러물이었다. 원제 '그네를 탄 여인The girl in a swing'을 저렇게 번역한 거였다. 물론 그 외에 본격 19금 영화도 다양하게 섭렵했다. 「투문정션」이 기억에 특히 남는다.

대학에 들어가면서 나는 더 이상 조방앞 극장들을 찾지 않았다. 듣자니 보림극장은 문을 닫았고 삼성과 삼일이 천 원짜리 동시상영관으로 한 계단 내려섰다고 했다. 이제는 집집마다 비디오를 갖추게 되었으니 더 이상 재개봉관은 필요가 없었는지도 모른다.

세월이 한참 지난 어느 날, 나는 천만 관객이 봤다는 영화

나란히 서 있던 두 극장의 마지막 모습.
불안했던 내 소년시절을 붙잡아주던 나만의 시네마 천국이었다.

©김성기

「친구」를 보면서 다시 그 옛날의 극장과 마주치게 되었다. 네 명의 친구들이 학교를 뛰쳐나와 신나게 질주하는 그 유명한 장면. 그들이 마지막으로 찾아들어간 거기는 분명 삼일극장이었다. 장동건이 수십 명을 상대로 싸움을 벌이던 그 복도 역시 너무나 눈에 익었다. 아아, 맞다. 저기서 화장실 가려면 저리 가야 되는데. 나는 그만 가슴이 먹먹해졌다. 「친구」의 유명세 덕분에 범일동 일대도 다시 각광을 받는다고 했다.

다시 얼마의 시간이 지난 다음, 나는 또 다른 영화 속에서 마지막으로 추억의 극장을 만날 수 있었다. 「소년, 천국에 가다」라는 영화였다. 극중 배우들이 자주 찾는 조그만 옛날 극장을 나는 금방 알아봤다. 객석 중간이 1, 2층으로 나뉘어 있고 ㅅ자형 계단이 있는 것으로 보아 삼성극장이 틀림없었다. 엔딩 크레딧에 흐르는 장소 협찬 자막을 보면서 나는 고개를 끄덕였다.

내가 부산에서 근무하던 2000년대 중반까지만 해도 극장은 명맥을 유지하고 있었던 것이 틀림없다. 삼성극장 사장이 택시기사를 하면서 극장의 적자를 메우려 했고, 매표소에서 표를 파는 여직원은 70대 할머니라는 내용의 신문 기사를 봤으니까. 상영중이던 영화가 2분 이상 중단돼도 아무도 항의를 하지 않는 것은 관객이 없기 때문이라는 기사를 보고 나는 가슴이 아려 왔다. 무엇이든 세월을 당해낼 수는 없을 것이다.

이제 그들은 사라지고 없다. 나란히 서 있던 두 극장은 앞서거니 뒤서거니 하며 역사 속으로 걸어 들어갔다. 그들은 불안했던 내 소년시절을 잡아준 든든한 친구 같은 존재였다. 낡은 건물이라도 어떻게 보존하는 방법이 있었으면 좋았겠지만, 그것은 욕심일 터였다. 도로는 확장되었고, 극장은 사라졌다. 인터넷에서 거리뷰 사진을 아무리 돌려봐도 이제는 정확한 위치조차 가늠할 수 없을 정도였다. 나는 컴퓨터 화면을 한참 바라보았다. 그리고는 나만의 시네마 천국이었던 두 극장에게 나지막이 이별을 고했다.

고마웠어요. 정말로.

광안리 바닷가

아주 어릴 때 내게 광안리는 그냥 부산에 널려 있는 해수욕장 중의 하나일 뿐이었다. 해운대보다는 조금 더 가깝고, 해운대보다는 조금 못한 해수욕장. 피서철이 아니면 발걸음 할 일이 없는 그런 동네.

그러다가 초등학교 6학년 때인 1980년대 초에 우리집은 광안리에서 조금 떨어진, 지금의 금련산역 근처 자그마한 아파트로 이사를 갔다. 똥천강 썩은 냄새가 나던 동네에서 탈출한 것이다.

새 동네는 무척 살기에 좋았다. 더 이상 썩는 냄새에 머리가 아프지 않아도 되는 건 물론이었다. 아파트 바로 뒤 금련산 중턱에는 약수터가 있었고, 조금만 걸어 내려오면 큰길이 나와서 교통도 편리했다. 큰길을 건너서 한 5분만 걸어가면 바로 광안리 바닷가가 펼쳐졌다.

나는 틈날 때마다 해변을 찾았다. 피서철에는 사람이 많아서 별로였지만, 해수욕장이 문을 닫은 가을부터 이듬해 봄까지 바닷가는 내 놀이터였다. 광안리는 여러 모습을 하고 막 사춘기에 접어드는 내 마음을 만져줬다. 잔잔하고 맑은 날은 그런 날대로, 천둥치고 비오는 날은 또 거친 파도로. 나는 이따금은 친구와 걷기도 하고, 아니면 혼자서 저기 민락동 방파제까지 달려도 보고, 울적할 때는 바지 걷고 발목까지 담근 채 밀려오는 파도를 맞기도 했다. 때로는 하염없이 걸어가다가 모래사장에 쭈그리고 앉아 침을 찍찍 뱉던 동네 양아치들한테 봉변을 당할 뻔도 했다.

한 마디로, 그때 광안리는 참으로 쓸쓸한 바닷가였다. 지금 해변을 따라 빽빽이 들어선 고층 건물들은 하나도 없었다. 딱 하나, 하얗고 자그마한 카페가 있었다. 간판에는 '城, Castle'이라고 씌어 있었다. 쓸쓸한 해변에 홀로 서 있는 찻집은 꽤 운치 있어 보였다. 나는 어른이 돼서 카페 출입이 가능하면 꼭 저기를 가 보리라, 혼자 마음먹었다. 중학교를 졸업할 즈음, 나는 잠시 그 동네와 이별했다. 광안리를 다시 찾은 건 대학교에 입학한 1990년대 초였다.

광안리는 상전벽해, 변해 있었다. 「성」 카페는 그대로 있었지만, 그 외에도 너무 많은 카페와 너무 많은 술집과 너무 많

따뜻한 바람이 부는 해질 무렵,
광안대교를 바라보고 섰노라면 그날 하루가 어땠는지에
상관없이 눈물이 난다.

©김성기

은 숙박업소들이 들어서 있었다. 해변을 조망하는 우뚝 솟은 건물들은 저마다 최고의 전망을 자랑하며 손님들을 유혹했다. 그렇게 가보고 싶던 '성'은, 새로 생긴 집들에 비하면 보잘 것 없었다.

생소한 느낌도 잠시, 나는 20대 초반의 치기와 열정을 그 모래밭에 많이도 파묻으며 추억을 만들어 갔다. 수업을 빼먹고 바닷가로 달려가기도 했고, 모래사장에 맥주병을 꽂아놓고 친구들과 기타를 들고 앉아 노래를 부르다 밤을 새기도 했다. 겨울에는 전망이 가장 좋은 8층 카페에 올라가 음악을 들으며 겨울바다를 구경했다. '푸른 산호초' '세뇨야 세뇨야' '준' '연출' '브람스의 추억' 등이 그 시절을 함께 했던 정겨운 이름들이다. 지금은 사라지고 없는 예쁜 찻집들.

서울에서 10년 세월을 보내고 난 뒤, 나는 다시 부산으로 발령을 받아 잠시나마 고향땅을 밟을 수 있었다. 아내와 아이들을 데리고 다시 광안리 해변에 섰다. 광안리는 또 변해 있었다. 그 많던 카페는 조금 줄어들었고, 빈 건물도 더러 생기는 등 활기가 조금은 떨어져 있는 느낌이었다. 그러나 바닷가 풍경은 훨씬 다정하고 깔끔하게 단장된 모습이었다. 젊은 이들이 모닥불을 피워가며 술을 마시고, 양아치들이 지나가는 학생들의 주머니를 털기도 하던 모래밭은 깨끗하게 치워져 가족들의 휴식처가 되어 있었다. 산책로도 말끔해졌고 휠

씬 세련된 모습이었다. 무엇보다, 내가 부산을 비운 사이 새로 놓인 광안대교의 아름다운 모습이 나를 두근거리게 했다. 광안대교는 볼수록 멋있었다. 낮에도 아름다웠지만 밤에 조명을 켜면 그렇게 예쁠 수가 없었다. 우리 가족은 부산에 있는 동안 틈나는 대로 광안리를 찾았다. 내가 걷던 그 바닷가에서 이제 내 아이들이 뛰어 놀았다.

따뜻한 바람이 불던 어느 봄날 저녁, 해가 뉘엿뉘엿 지면서 광안대교 흰 난간에 붉은 그림자를 드리우는 것을 보는 순간, 나는 까닭 없이 살짝 눈물이 났던 것도 같다. 광안리 해변은 내게 그런 곳이다. 그날 하루가 어떠했던 간에 그 앞에 서면 눈물이 나는.

늙으면 할 수 없다더니. 나는 중얼거리며 모래놀이를 하는 아이들에게로 걸어갔다.

너무 예뻤던 우리 학교

내가 다녔던 고등학교는 소위 말하는 옛날 명문 고였다. 역사도 깊은데다가 평준화가 되기 전에는 부산을 대표하는 양대 명문 중의 하나였고, 각계각층에 내로라하는 선배도 많았다. 그래서 어머니는 내가 그 학교에 배정받았을 때 무척 기뻐하셨다. 나도 정말 기뻤는데, 우리 학교에는 전국에서 알아주는 야구부가 있었기 때문이다. 평준화 이후에는 야구부야말로 우리 학교가 누렸던 옛 영광을 아직도 재현하고 있는 유일한 존재가 아니었을까.

입학하기 전 예비소집일이었다. 학교는 동대신동, 구덕산 중턱에 올라앉아 있었다. 그 직전까지 남구 쪽에서 학교를 다녔던지라 사실 나는 이 동네에 연고가 없었다. 중3 때 잠시 사하구에서 살았던 전력 때문에 이쪽 학군으로 이관해온

터여서 나는 학교 근처가 낯설었다. 부산의 학교들이 으레 그렇듯, 한참동안 가파른 비탈길을 올라가자 학교 정문을 만날 수 있었다.

낯선 기분도 잠시, 처음 만난 학교는 금세 내 마음을 빼앗아갔다. 보통의 학교들은 교문을 들어서면 운동장이 있고, 일자형 아니면 기역자 내지 디귿자 건물이 운동장을 감싸고 있는 형태다. 그런데 우리 학교는 일단 교문 뒤에 운동장이 없었다. 울창한 숲이 먼저 보이고, 그 사이 진입로를 따라가자 완전히 동그란 모양의 건물이 눈에 들어왔다. 아니, 동그란 학교라니. 그런데 그게 전부가 아니었다. 마치 대학의 캠퍼스처럼 제각각 다른 모양의 건물들이 군데군데 서 있었고 그 사이엔 온통 나무와 꽃밭과 벤치들이었다. 마치 공원에 와 있는 것 같았다. 운동장은 캠퍼스 뒤편에서 갑자기 모습을 드러냈다. 널찍한 운동장 뒤에 스탠드가 있었고, 그 뒤로는 또 나무가 심어져 있었다. 학교 전체가 구덕산 속에 폭 안긴 느낌이었다. 처음 느꼈던 어색함이 무색하게, 나는 금방 학교와 사랑에 빠졌다.

입학하고 본격적으로 등교하면서 나는 학교의 아름다움을 더 깊이 알게 되었다. 처음 봤던 원형관 건물은 3학년이 쓰고 있었고, 각 학년은 독립된 건물을 사용했다. 과학실과 체육관도 따로 있었고, 소규모 콘서트홀도 있어서 음악시간에는 그리로 가서 수업을 받았다. 눈만 돌리면 나무와 꽃이었고, 교실 밖은 그냥 산속의 공원이었다.

가장 재미있는 것은 점심시간이었다. 도시락을 교실 안에서 먹는 학생들은 거의 없다시피 했다. 아이들은 다들 도시락을 갖고 밖으로 나갔다. 등나무 벤치에 앉아서 먹기도 하고, 운동장 스탠드에서 자리를 펴기도 했다. 가장 인기 있는 자리는 운동장 스탠드 최상단의 평평한 공터였는데, 거기엔 벗나무와 개나리가 줄지어 심어져 있었다. 봄날 점심시간은 그대로 꽃놀이였다. 도시락을 열면 계란 프라이 위로 벚꽃잎이 떨어졌다. 나와 친구들은 항상 거기서 먹었다. 심지어 쉬는 시간을 이용해 도시락을 까먹을 때에도 운동장으로 뛰어갔다. 왕복 4분이었으니까 밥은 6분 만에 다 먹어야 되는 고난이도의 작업이었지만 그래도 우리는 나갔다. 한 숟갈을 먹더라도 자연과 함께해야 하는 거였다.

선생님들도 틈만 나면 말씀하셨다. 아이고, 이래 좋은 터를 시커면 머스마들한테 줄라니까 아깝다. 새로 부임한 미술 선생님은 첫 시간에 우리를 데리고 나가서는 아무거나 그려 오라고 하셨다. 어디에 앉아도 그림이 될 거니까, 하시면서.

한 가지 안 좋은 점이 있다면 수업 중에 자꾸만 창밖으로 시선을 빼앗긴다는 것. 하루는 조용한 수업시간에 뭔가 긁는 듯한 빠각빠각 소리가 들려서 창밖을 봤더니 바로 눈앞에서 청설모가 나뭇가지에 앉아 도토리를 갉아먹고 있었다. 새가 날아와 유리창에 부딪치는 일도 다반사였고, 교정에서 고슴도치가 사로잡히기도 했다. 계절에 따라 시시각각으로 변하는 꽃이며 나무는 감수성 예민한 나이의 우리에게 많은 얘기를 던지는 듯했다. 어떤 날은 높다란 후박나무에 넓은 잎이 딱 한 개 남아 있는 모습이 눈에 들어와 한동안 넋을 잃고 쳐다보는데, 그림 잘 그리는 내 짝꿍은 어느새 그걸 열심히 노트에 그리고 있었다. 수업이 뭐 중요하냐는 듯이.

어디를 둘러봐도 새로운 모습이 자꾸만 들어와서, 우리는 3학년 2학기가 되자 조금 슬퍼졌다. 아아, 이제야 좀 학교 구석구석이 눈에 들어오고 어디가 정말 예쁜 곳인지 알 것 같은데 벌써 졸업이라니. 이제 돌담 어느 쪽이 뛰어넘기 좋은 곳인지도 아는데. 비록 지긋지긋한 입시지옥을 견뎌야 했지만, 나는 우리 학교라서 훨씬 수월했다고 말할 수 있다. 공부를 잘 하는 아이나 그렇지 못한 아이나, 잘 생긴 아이나 못생긴 아이나, 집에 돈이 많은 아이나 가난한 집 자식이거나 간에, 구덕산 중턱의 우리 학교는 똑같이 안아주고 많이도 베풀어줬다. 친구들과 어울릴 때는 제일 좋은 놀이터였고, 고민이 있을 때는 숨을 곳을 마련해줬으며, 가장 멋진 노천 식당도 되어 주었으니까.

그래서 나는 우리 학교가 지금도 좋다. 비록 동창회에 한 번도 나간 적 없고, 몇 년 전에 했다는 홈 커밍데이도 참석하지 못했지만, 그래도 나는 누구보다도 우리 학교를 사랑한다. 좋은 선배가 많아서 그런 건 아니다. 역사가 오래돼서만도 아니다. 너무나 예뻤던 우리 학교. 우리는 모두 학교를 사랑했다.

물론, 야구 잘하는 학교라서 그렇기도 하다.

매축지 이야기

바다를 메워서 만든 땅이다. 그래서 이름이 매축지다. 초량에도 매축지가 있다고 하는데 내가 고교 시절부터 대학교까지 7년 세월을 보낸 매축지는 범일5동에서 좌천3동에 널리 걸쳐 있는 동네를 말한다.

지하철 좌천역 4번 출구를 나오면 바로 철길이다. 부산역으로 가는 경부선 간선철도. 그 위를 가로지르는 높다란 육교가 하나 있고, 육교를 건너 내려오면 곧바로 낡은 가게와 이발소, 떡방앗간이 나왔다. 우리집은 그 바로 옆, 역시 오래된 2층집이었다.

1980년대 후반이었던 그때도 이미 매우 낡은 동네였다. 그도 그럴 것이 매축지는 일제 강점기 중에서도 초기에 만들어진 동네라고 했다. 마구간을 지어 말을 부려놓던 동네였다.

그러던 것이 한국전쟁을 지나며 사람들이 촘촘히 모여 살게되었고, 그렇게 도심 한가운데 작은 집들이 다닥다닥 붙어서서 거대한 주거지가 만들어진 것이다.

내가 살던 집은 골목을 살짝 벗어난 곳이었지만, 사진관과동네 슈퍼 사이를 통과해 제3부두 방향으로 나 있는 골목들은 참으로 어둡고 좁았다. 골목은 거미줄처럼 끝없이 이어졌고, 언제 지었는지도 모를 집들이 페인트칠이 반쯤 벗겨진 채로 다닥다닥 붙어 있었다. 골목 구석에는 군데군데 공동변소가 있었다.

처음 이사온 날, 새벽에 집이 흔들리는 바람에 잠에서 깼다. 무슨 지진인줄 알았는데, 알고 보니 기차가 지나가는 중이었다. 당연한 말이지만, 기차는 밤낮을 가리지 않고 지나다녔다. 소음이 어느 정도였냐 하면, 텔레비전을 보다가도 기차가 지나가면 잠시 소리가 잘 안 들릴 정도였다. 하지만 그것도 이내 익숙해졌다.

동네의 남루함을 배가시켰던 존재는 외곽에 크게 자리잡고 있던 보림연탄 공장이었다. 연탄을 실은 트럭이 하루에도몇 번씩 지나다녔고, 길바닥은 시커먼 연탄가루로 탄광촌을방불케 했다. 비가 오면 검은 물이 흐르는 길거리에서 동네개들이 온몸에 검댕을 묻히고 돌아다녔다.(그중 두 마리는 우리집 똥개였다.) 보림연탄 사장님은 명절 때, 집마다 비누를 돌렸다. 이런 걸 병 주고 약 주고라고 하는 걸까. 비누를 받을 때마다 묘한 느낌이 들었다.

하지만 그 속에서도 사람들은 생활을 영위해 나갔다. 그렇게 보면 일상이란 참으로 질기고도 위대한 것이었다. 화장실이 불편하면 불편한대로, 검댕이 날아다니면 사장님이 준 비누로 씻어가며, 기차소리는 자장가 삼아, 그렇게 살아내게 되어 있었다. 그래도 명절이면 육교 아래 떡집에는 밤새 불이 환했고, 저녁마다 골목길 돼지갈비집에는 초라한 하루 일상을 한잔 술에 씻어내려는 사람들이 삼삼오오 모여들었다. 나역시 대학에 갓 들어갔을 때, 재수의 길을 택한 고교 동창을 거기서 만나 이런저런 회포를 풀던 기억이 새롭다.

이윽고 나는 부산을 떠났다. 부산을 떠났다는 건 매축지마을을 떠났다는 말과 동의어였다.

20년 세월이 흘렀다. 매축지가 관광지로 변했다는 뉴스를 보았다. 믿을 수 없었다. 이건 도대체 무슨 말일까. 아니 그 남루하고 열악한 동네에 무슨 볼 것이라도 있단 말인지. 나는 눈을 의심했다.

역시 영화 때문이었다. 부산은 어느 순간부터 영화 촬영의 메카가 되어 있었고, 이미 범일동과 좌천동 일대는 「친구」 열풍이 한 번 휩쓸고 간 동네이긴 했다. 이번에 매축지를 관광지로까지 만들어버린 영화는 「아저씨」라고 했다. 극중 원빈 매축지는 시간이 정지된 곳이다.
하지만 그곳에는 여전히 하루의 남루한 생존을
영위해가는 사람들이 있다.

©김성기

이 있던 전당포가 바로 매축지에 있는 건물이라는 거다. 지도를 찾아보니 우리집에서 멀지 않은, 교회 근처였다. 마침 부산 출장이 잡혔다. 잠시 틈을 내어 좌천동으로 향했다.

초입부터 충격을 받았다. 늘 건너다니던 철길 육교에는 세상에나, 엘리베이터가 설치되어 있었다. 위로 올라서자 이 동네에서 촬영한 각종 영화 포스터들이 육교 난간에 붙어 있었다. 내가 살던 이층집은 재개발이 이뤄져서 철거되고 아파트가 들어서 있었다. 보림연탄은 꽤 오래전에 사라져 간판만 남았다. 아파트 앞길은 크게 넓어졌고, 깨끗해졌다. 매축지문화원이라는 것도 새로 생겼다.

그러나 변한 건 거기까지. 매축지는 옛날 그대로였다. 미로가 시작되는 지점의 가게는 치킨집으로 바뀌어 영업을 하고 있었고, 내가 처음으로 주민등록증을 만들기 위해 증명사진을 찍었던 집 앞 사진관도 간판 하나 바뀌지 않고 그대로 건재했다. 전자오락실과 돼지갈비집, 낡은 전파상이 있던 자리는 다른 가게가 들어왔지만 낡아빠진 건물 자체는 자리를 지키고 있었다. 고교시절 주말마다 가던 공중목욕탕도 엄청나게 낡은 모습으로 여전히 영업을 하고 있었다. 아이러니하게도, 그 목욕탕 이름은 '최신탕'이었다.

낡은 골목에 페인트칠을 하고, 벽화를 그려 넣자 관광객들이 찾아와 사진을 찍는 것 같았다. 와와, 아직도 이런 동네가 있다니. 어머, 저 목욕탕 좀 봐. 사람들은 아마도 그렇게 말하며 사진들을 찍겠지. 나도 몇 장을 담아왔다.

뭔가 복잡한 심경이었다. 벽화가 있는 사진은 그저 아기자기하고 고즈넉할 뿐, 옛날에 그 골목을 가득 메웠던 매캐한 냄새와 바닥에 묻어나던 연탄 검댕까지 담아내진 못할 것이다. 아무래도 내겐 갑자기 분칠을 하고 나타난 이 골목이 예쁘다기보다는 기묘하게 느껴졌다.

게다가 그 골목에는 지금도 질긴 일상을 영위하는 사람들이 있었다. 그들은 자신의 남루한 삶이 이제 누군가의 구경거리가 되었다는 사실에 힘들어하진 않을까. 그렇지 않기를 바랄 뿐이다.

가끔 내 꿈에는 보수동 책방골목 뒤 계단길 뿐만 아니라 매축지 골목길도 나온다. 희한하게도 매축지 골목은 꿈에서 항상 화려한 유흥가다. 마치 홍콩이나 방콕의 뒷골목 같은 이미지다. 술도 팔고 매춘도 하고 마약도 하는, 좀 더럽지만 무척 흥성대는 그런 골목. 꿈속에서 나는 번쩍거리는 매축지 어느 술집에서 술을 마시기도 하고 때로는 은밀한 유혹을 즐기기도 하면서 신나게 거리를 활보하다가 잠에서 깬다.

개들이 검댕을 묻히고 다니던 그 시커먼 길이 나는 내심 싫었나보다. 그래서 마치 사람들이 쓰러져가는 담벼락에 알록달록 페인트칠을 한 것처럼, 비현실적인 환상으로 골목을

칠하고 있었던 것인지도 모른다. 과거는 항상 아름다워야 하
니까. 그래야 오늘의 삶이 남루하고 팍팍해도 견딜 수 있으
니까.

서면, 공포의 두루마리 화장지

나는 여드름 때문에 암울한 청소년기를 보냈다. 화농성의 굵직한 여드름이 셀 수도 없이 얼굴 전체를 뒤덮고 있었다. 그래도 초등학교를 졸업할 때까지는 나름 하얗고 깨끗한 피부를 자랑했지만 중학교 2학년부터 시작해서 무려 20대 초반까지 계속된 악성 여드름은 모든 것을 빼앗아가는 힘이 있었다.

당연히 여러 조치를 취해봤다. 안 해본 게 없을 정도였다. 약도 사서 발라보고, 병원에도 가보고, 알로에를 먹거나 발라보기도 했다. 심지어는 누가 좋다는 말을 듣고 여성용 세정제를 얼굴에 발라본 적도 있을 정도였다. 그런데 그중에서도 가장 끔찍했던 추억은 서면의 어떤 약국에서 벌어진 일이다.

여드름은 물론이고 각종 피부 질환을 깨끗이 고쳐주는 약

서면 복개천 풍경. 지금은 고층 건물이 들어서 있다.
저기 보이는 약국은 글 내용과는 무관하다.

©김성기

국이 있다고 했다. 나의 악성 여드름으로 항상 고민하시던 어머니는 어느 날 나를 그 약국으로 보냈다. 나는 그때 고2였다. 안 가겠다고, 그냥 이렇게 살겠다고 몇 번 저항했으나 소용이 없었다. 친척분도 오래 고생하던 트러블을 그 약국에서 고쳤다고 하니 아닌 게 아니라 살짝 관심이 가기도 했었다.

약국은 서면 한복판에 있었다. 약국이니까 약만 처방해주겠지 생각했으나, 그건 나의 오산이었다. 약국이라기보다는 병원 같은 느낌이었다. 간호사처럼 보이는 여직원이 접수를 했고, 대기실에서 기다리라고 했다. 기다리래서 기다리는데 저쪽 방 안에서 노랫소리가 들렸다. 찬송가였다. 누군가 기계 반주에 맞춰 찬송가를 부르고 있었다.

노래가 끝나고 나를 부르는 소리가 들렸다. 약사님이었다. 아니 원장님이었나. 하여간 인자하게 생긴 중년의 남자분이 하얀 가운을 입고 계셨다. 그 분은 내 얼굴을 보더니 혀를 몇 번 차셨다. 그러고는 내가 앉은 의자를 자신의 몸 쪽으로 바짝 끌어당기시더니 내 무릎을 붙여서 자신의 두 다리 사이에 꼭 끼우고는 움직이지 못하도록 단단히 결박하는 거다. 그 다음 약사님은 손을 뻗어 뭔가를 가져오셨는데 그건 놀랍게도 두루마리 화장지였고, 그 화장지에는 더 놀랍게도 이불 꿰맬 때 쓰는 커다란 대바늘이 꽂혀 있었다.

원장님은 바늘을 쑥 뽑아서는 갑자기!

내 얼굴 곳곳에 나 있는 왕여드름들을 사정없이 찔렀다. 으악! 이게 뭐… 라고 말하려는데 약사님은 이내 다른 손으로 휴지를 뜯어서는 여드름을 꾹 짜내 피고름을 마구 뽑아내는 거다. 매우 신속하고도 능숙한 솜씨이긴 했는데, 하여간 나는 아프고 무섭고 해서 정신이 하나도 없었다. 그렇게 큰 놈들을 몇 개나 공략해서 짜낸 약사님은 이번엔 뭔가 다른 도구를 가져오셨다. 주차 도장 찍는 스탬프 같은 도구였다. 그걸 내 얼굴에 대시더니 또 한 번 사정없이 내 얼굴 곳곳에 도장을 마구 찍기 시작하는 거였다. 그런데 그게 너무 아팠다. 알고 보니 그 도장의 바닥면에는 미세한 바늘들이 마구 돋아나 있었다. 그러니 도장을 찍을 때마다 얼굴에는 피가 송글송글 맺히는 거였다. 내가 거의 패닉에 빠지려는데 또 약사님은 화장지를 두 칸 뜯어서는 내 얼굴에서 솟아난 피를 닦아주셨다. 나는 울기 직전이었다. 다리가 하도 단단히 결박되어서 움직일 수도 없었다.

한바탕 피고름의 제전이 지나고 나자 그 분은 튜브 같은 것에서 약을 짜내 손바닥에 덜더니, 손수 내 얼굴 곳곳을 슥슥 문질러가며 발라주셨다. 본인이 직접 개발한 약이라고 했다. 그러고는 이상한 건조기 앞에 앉아서 뜨거운 열기로 얼굴을 말리고 나면 치료는 끝이었다. 먹는 약과 아까 발랐던 그 튜브에 든 약을 받아서 나왔다. 나는 정신이 하나도 없었다. 그 뒤로도 몇 번을 갔는데 그때마다 약사님은 대바늘과 바늘 스탬프로 내 여드름들을 소탕했고, 두루마리 휴지를 뜯어서 얼굴을 닦아주시고는 손수 약을 짜서 내 얼굴에 발라주셨다. 매우 드라마틱한 시술이었다. 호러 영화를 찍는 느낌이었다.

그래서 효과가 있었냐면, 잠시 있었다. 그런데 치료를 좀 소홀히 하자 여드름은 이내 다시 창궐했다. 나는 그 짓을 여러 번 할 생각은 추호도 없었기 때문에 결국 치료를 중단했다. 꾸준히 대바늘 치료를 받았으면 여드름을 퇴치할 수 있었을까. 그건 잘 모르겠다. 그 약국 덕분에 여드름이 완치됐단 사람도 분명 여러 명 있었다. 불행히도 나는 그렇지 않다. 그 대신 나는 한동안 두루마리 화장지에 공포를 느끼는 희한한 체험을 해야 했다. 주차 확인 도장도 마찬가지다.

나는 '출향인사'였다

부산에서 대학까지 마친 나는 우여곡절 끝에 서울에 있는 대학원에 진학하느라 부산을 떠났고, 순전히 운이 좋아서 서울에서 직장생활까지 하게 되었다. 그렇게 10년간 서울에 있다가 부산 발령을 받아 몇 년을 돌아와 지냈고, 부산 근무가 끝나고는 다시 서울로 갔다. 그렇게 또 몇 년이 흐른 어느 날, 부산 지역 신문 기자로 있는 선배가 전화를 했다.

"내가 요새 돼지국밥 갖고 기사를 쓰는데, 좀 도와줘."

"아 돼지국밥 좋지요. 지역 신문에서 그런 걸 자꾸 다뤄줘야 된다고요. 그런데 제가 뭘 도와드릴깝쇼?"

"출향인사의 의견도 듣고 싶어서. 서울 가서 살아보니 돼지국밥이 없어서 안 섭섭하던가?"

"예? 출향인사요?"

좀 생소한 단어긴 했는데, 들을수록 묘한 어감이 있는 말이었다. 출향인사. 그래, 나는 고향을 떠나 살고 있지. 고향 사람들에게는 내가 출향인사구나.

내가 비록 몸은 서울에 있지만 부산의 일에도 관심을 갖게 된 것이 아마도 그날 이후가 아닌가 생각한다. 내가 자라던 어린 시절의 부산은 어떠했으며, 고향을 떠난 다음 밖에서 보는 부산은 또 어떤 모습인지. 내가 아는 부산과 부산 사람들. 그리고 조금은 안타까운 마음으로 바라보게 되는 부산의 모습들. 그런 얘기를 하고 싶었다. 나는 출향인사니까. 부산에서 살았던 날과 떠나서 산 날이 각각 절반쯤 되는 사람이니까.

"내가 돼지국밥 하면 또 할 말이 많은 사람이오. 뭐든지 물어보시소."

나는 흔쾌히 인터뷰에 응했다. 선배는, 오오 이거 괜찮네 하면서 열심히 받아 적는 것 같았다. 나는 뭔지 모르게 뿌듯했다. 그럼 나도 신문에 나오는 건가. 아니 뭐 꼭 그게 좋아서라기보다 출향인사라. 그거 생각할수록 좋은 울림이 있는 단어네 그랴.

얼마 뒤, 과연 그 신문은 돼지국밥 특집 기사를 몇 면에 걸쳐서 멋지게 보도했다. 돼지국밥의 기원과 특징, 부산 사람들이 돼지국밥에 느끼는 특별한 정서 같은 것들을 깊이

있게 보도한 좋은 기사였다. 그런데 출항인사가 느끼는 돼지
국밥 얘기는 눈을 씻고 봐도 없었다. 아마도 지면이 넘쳤겠
지 싶었다.

그래도 나는 실망하지 않았다. 신문이 안 실어주면 내가
쓰고 말지 뭐. 이런 생각도 들었던 거다. 그 이후로 나는 내
가 아는 부산에 대해 글을 쓰기 시작했다. 이 책이 나오게
된 배경이다.

부산도 시골입니까?

처음 서울로 올라가서 하숙을 하던 시절이었다. 하숙을 시작한지 얼마 되지 않아 추석 명절이 찾아왔다. 난생 처음 해보는 명절 귀성길 준비를 하느라 이리저리 알아보는 중이었는데, 하숙집 큰 따님께서 나를 보더니 이렇게 물었다.

"시골에 언제 가세요?"

나는 정말로 깜짝 놀랐다. 순간적으로 몇 초간 말을 못 할 정도로.

"시골이라뇨? 부산 말씀이세요?"

따님은 멋쩍게 웃었다.

"아, 네. 부산요 부산. 호호."

서울 사람들은 서울을 제외한 나머지 동네를 모두 시골이라고 여기는 듯했다.

나는 내 자신을 한 번도 시골 사람이라 생각해본 적은 없었기에 그때 큰 충격을 받았다. 아니 시골이라니. 부산이 시골이라니. 인구 300만 넘는 시골도 있나. 부산은 광역시인데, 아니 저 정도 인구면 한 국가를 이룰 수도 있는데 시골이라니. 서울 사람들은 정말 이상하기도 하다.

물론 그 후, 서울에서 몇 년 살아보면서 나는 그게 꼭 부산을 폄하해서 하는 말이 아니란 것을 알게 되긴 했다. 무슨 말이냐 하면, 서울 사는 사람들 중에서도 본인이 정말 농촌 출신인 경우에는 그저 시골 간다는 말이 입에 붙은 사람도 있고, 태생이 서울인 사람들은 또 여러 지역을 한꺼번에 생각하다보니 시골이란 단어를 고향이란 단어 대신 사용하기도 하는 거였다.

그리고 몇 년 뒤에는 나 자신부터 시골이라는 단어를 별다른 느낌 없이 사용하고 있다는 것을 알게 되었다. 어쩌다 누가 어, 지난주에 시골 갔다 온다더니, 잘 갔다 왔어? 하고 물어도 그러려니 하고 대답하곤 했다.

분명한 것은 서울이나 수도권에 살다보면 자연스럽게 서울 중심의 사고를 하게 되고, 그 외 지역에서 무슨 일이 벌어지고 있으며 어떤 고충이 있는지 또는 다른 지역 사람들이 어떤 생각을 하고 사는지에 대해서는 무관심하게 된다는 것이었다.

그러던 어느 해 명절, 식구들을 데리고 귀성길에 올랐다. 자동차를 몰고 출발하는데, 우리집 아파트 주차장 입구에 "고향에 잘 다녀오십시오"라는 현수막이 붙어 있는 게 보였다.

오랜 운전 끝에 부산 본가에 도착했다. 거기도 아파트라 지하 주차장에 차를 대러 가는데 입구에 현수막이 붙어 있는 게 눈에 들어왔다. 아하, 잘 왔다고 환영해주나보다 생각했는데, 그 현수막에 붙은 글귀도 "풍요로운 명절, 고향에 잘 다녀오십시오"였다.

부산을 떠나 타향살이를 하는 사람도 많지만, 부산 역시 고향을 떠난 사람들이 모여 사는 곳이다. 서부경남을 비롯한 많은 지역에서 온 사람들로 구성된 대도시였던 거다. 어쨌거나 양쪽에서 모두 잘 다녀오라는 인사를 받은 터라 묘한 느낌이었다. 나는 주차를 하며 중얼거렸다.

"그러게, 누가 부산 보고 시골이래?"

괄목상대 해운대

고등학교를 졸업하고 대학 입학을 앞둔 2월 한 달 동안, 나는 난생 처음 과외 아르바이트를 하게 되었다. 학생은 어머니가 알고 지내는 어떤 선생님 댁 자제였고, 중2 남학생이었다. 한 달 정도만 수학과 영어를 봐달라는 제안이었다.

가서 보니 아이도 똑똑하고 착한데다, 부모님도 매우 교양 있고 점잖은 분들이었다. 가족의 화목한 기운이 느껴지는 좋은 집이었고, 다들 내게 따뜻하게 대해줬으므로 첫 알바 직장으로는 더 없이 만족스러운 곳이었다.

그런데 한 가지 불편한 점이 있었다면 그 집이 너무 멀리 떨어져 있다는 점이었다.

나는 그때 좌천동 매축지에 살고 있었고, 학생의 집은 해운대였다. 부산에서 20년을 살았지만 그때까지 해운대 하면 해수욕장 외에는 별로 가 본 적이 없던 나는 까짓 해운대, 버스 타고 가면 1시간 안에 갈 텐데. 그리 멀지도 않네, 라고 생각했지만 그건 대략 착각이었다.

과외 첫 날, 109번 버스를 타고 그 집을 찾아가던 날을 잊을 수 없다. 해운대 해수욕장을 지난 버스는 갑자기 시골길로 접어들더니 어딘지도 모를 곳으로 하염없이 달렸다. 사방은 어두웠고, 길은 구불구불했다. 한참을 달리더니 내가 내려야 할 정류장에 도착했다. 세상에, 부산에 이런 동네가 있다니. 그야말로 사방은 한적한 공터였고, 약도에 그려진 길을 짚어 가다보니 저 멀리 외딴집이 하나 보였는데 그게 내 아르바이트 직장이었던 거다. 호화로운 관광지 뒤에 이런 동네가 있다는 게 나는 믿기지 않았다. 몇 번 다니면서 어느 정도 길이 눈에 익은 뒤에도 여전히 해수욕장을 벗어나서 갑자기 한적한 시골길로 접어들 때면 갑자기 달라진 풍경에 나도 모르게 자세를 고쳐 앉던 기억이 지금도 선하다.

그로부터 몇 년 뒤, 해운대에 신시가지가 조성되었다. 좌동이라고 했다. 좌동이 어디야? 해운대에 우동, 중동이 있는 건 아는데 좌동이 있었나? 하긴 우동이 있으니까 좌동도 있긴 했겠네 뭐 이런 생각을 하면서 지도를 보는데, 이상하게 낯익은 느낌이 든다. 어어? 저기는?

그렇다. 외딴 집이 덩그러니 있던 시골길은 이제 아파트 단지들이 빼곡히 들어찬 신시가지로 변모해 있었다. 버스가 하염없이 달려가던 구불구불한 길에는 이제 지하철도 다니게 되었다. 그야말로 괄목상대였다.

해운대는 그 이후로 변신에 변신을 거듭했다. 2000년대 초반에는 옛 수영비행장 터에 센텀시티가 생기더니 뒤이어 해변을 따라 마천루들이 우뚝우뚝 솟아나기 시작했다. 거기는 마린시티라고 했다. 얼마 전 센텀시티에 출장갈 일이 있었는데, 엄청난 크기의 백화점이며 영화의 전당 같은 큰 건물들이 들어서서 또 달라진 모습이었다. 일을 마치고 찾아가 본 마린시티의 압도적인 야경은 말할 것도 없었다. 도저히 우리나라라고는 생각할 수도 없는 웅장함에 기가 질려서 나는 할 말을 잃었다. 집에 돌아와서 아내에게 말했다. "나는 이제 해운대 데려다 놓으면 아무 데도 못 찾아가겠다. 도대체 어디가 어디인지 알 수가 없네".

해운대의 화려함은 나를 즐겁게 했지만, 그에 비하면 부산의 다른 지역은 거의 변한 게 없다는 것이 기묘한 느낌을 갖게 했다. 해운대를 기점으로 서쪽으로 갈수록 부산은 수십 년 전 내가 알던 부산 그대로였다. 부두길 너머로 보이는 매축지는 그렇다 치고, 부산터널을 넘고 대신동을 지나 대티터널까지 지나서 사하구로 접어들거나 남포동에서 방향을 틀어 영도로 건너가면 참으로 익숙한 풍경이 그대로 펼쳐진다. "에헤이, 여기는 예나 지금이나 그대로네요." 택시를 타고 있으면 저절로 그 말이 나온다.

물론 무조건 때려 부수고 고층건물만 잔뜩 세워가며 재개발 하는 건 절대로 반대다. 해운대에 갑자기 늘어난 마천루들은 어떤 때 보면 답답하다. 달맞이 고개에 우뚝 선 고층건물들을 멀리서 보면 생일 케이크에 양초 꽂아놓은 것 같다고 말하는 사람도 있다. 그런데 그렇다고 해서 30년 전에 보던 거리가 그냥 그대로 세월의 때만 묻어가는 모양도 보기 좋은 건 아닐 것이다. 듣자니 부산의 동서 격차는 서울의 강남 강북 격차보다 훨씬 심하다고 한다. 물론 출향인사인 내 눈에 미처 들어오지 못한 발전된 모습도 있을 수 있고, 내가 지금의 부산을 속속들이 다 안다고는 말할 수 없지만, 균형 있고 우아하게 발전하는 부산을 보고 싶은 것도 사실이다. 원래 가진 모습을 해치지 않으면서도 윤택하고 편리한 삶을 누릴 수 있는 방법이 있다면 정말 좋겠다.

부산은 산이다

"아하, 역시 부산은 예나 지금이나 신기하네. 저렇게 높은 데까지 사람들이 살고."

부산사무소에서 일하던 시절, 행사 참석차 방문하신 우리 회사 위원장님의 첫 말씀이었다. 부산역에서 코모도 호텔로 가는 도중이었고, 위원장님께서는 수정동 산복도로를 바라보고 있었다.

그렇다. 부산은 아주아주 높은 데까지 사람이 올라가서 살고 있다. 왜냐하면 평평한 땅이 별로 없으니까. 산자락이 바닷가 바로 앞까지 뻗어 있는 동네가 부산이다. 그러니 원래 부산은 큰 도시가 발달할 만한 입지는 전혀 아닌 것이다. 아마도 짐작하건대 옛날 부산포는 매우 조그만, 별 볼일 없는 어촌이었다. 가끔 왜구들이 나타나서 노략질이나 하는 쓸

"아하, 역시 부산은 신기하네. 저렇게 높은 데까지 사람들이 살고."
부산 사람들은 산비탈에 집을 짓고 바다를 품고 산다.
수정동 산복도로 전경

©김성기

쓸한 촌동네. 부산보다는 동래가 당시에는 더 큰 고을이었다. 임진왜란 때도 부산을 쉽게 점령한 왜군을 맞아 동래부사 송상현과 마을 사람들이 결전을 벌였지 않은가. 지금은 부산 광역시 동래구지만, 그 옛날 동래 토박이 어른들은 시내 나 갈 일이 있을 때 "부산 내려갔다 오꾸마" 하신다는 얘기도 들은 적 있다.

하여간 그래서 부산에 살다보면 뭐 조금만 어디를 가자 그래도 산비탈을 올라가야 하는 게 일종의 숙명이었다. 대표적인 게 학교다. 거의 대부분 학교는 다 산중턱에 있다. 나는 정말정말 운이 좋아서 초등학교와 중학교를 평지에서 다녔는데, 고등학교와 대학교는 역시 산이었다. 고등학교 때는 버스에서 내려서 올라가다보면 급경사 때문에 힘이 들었고, 대학교는, 경사는 그리 심하지 않았으나 가도가도 끝이 없는 오르막길에 진저리를 쳐야 했다. 순환버스가 없던 시절, 한여름에 전철역에서 학교 꼭대기에 있는 학생회관을 가자면 반드시 중간에 한 번은 걸터앉아 쉬어줘야 했다. 그래도 나는 괜찮은 편이었다. 친구가 다녔던 다른 학교는 그야말로 아찔한 급경사여서 웬만한 결심으로는 등교 자체가 어려웠고, 한 번 올라가면 내려갈 엄두가 나지 않는 고난도 코스였다.

학교만 그런가. 사람 사는 집들도 산동네에 모여 있다. 산복도로에 다닥다닥 붙은 집들은 말할 것도 없고, 새로 생기는 아파트들도 아찔한 경사 위에 솟아 있는 경우가 많다. 관공서도 산동네, 공공건물도 비탈길이라 거기 사람들은 운명이거니 하고 살아야겠지만 가끔은 참 힘들 때도 있겠다 싶다. 그나마 다행인 건 부산에 눈이 오지 않는다는 것인데, 이따금 눈이 한 몇 센티미터라도 내리면 그야말로 도시 전체가 마비된다.

이렇게 비탈진 산동네에 300만이나 되는 사람들이 모여 살게 된 것은 순전히 외부적 요인 때문이 아니었을까. 한가로웠던 어촌 마을은 외세의 침략에 가장 먼저 문을 열었고, 본의 아니게 수탈의 관문이 되면서 갑자기 불어난 사람들을 품어야 했을 것이다. 그뿐이랴. 전쟁이 나면서 임시 수도가 된 부산은 전국에서 모여든 피란민들을 받아 안았고, 사람들은 가뜩이나 좁은 터에서 살 집을 마련하느라 산으로 올라가지 않았을까.

너른 평야는 없고, 산으로 올라가는 일도 한계에 달했을 때 할 수 있는 방법은 바다를 메워서 평지로 만드는 일이다. 애초에 일본 사람들이 초량에 자신들만의 동네를 만들 때부터 매립의 역사는 시작되었고, 지금 바다에 멀지 않은 곳에 펼쳐진 그나마 넓은 땅들은 거의 대부분 매립지라고 보는 것이 맞다. 최근까지도 매립은 진행되고 있다.

한 가지 걱정스러운 것은, 그렇게 생겨난 바닷가 매립지 위에 자꾸만 초고층 건물이 올라가고 있다는 점이다. 아무래도 지반이 약할 것이므로 새로 생겨난 집들의 안전에 문제가 있을 수 있다는 말은 저 멀리 사는 내 귀에도 가끔 들어온다. 물론 뛰어난 기술로 문제없이 지었을 테지만, 최근 들어 지진도 잦아지고 있어서 막연한 불안감은 있다. 게다가 고리 원전의 안전 문제마저 이슈에 오르는 날이면 우리 출향인사들의 마음은 무겁다. 고향에 있는 부모 형제 친구들이 걱정스럽다.

지진보다 당장 더 무서운 건 태풍이다. 지난 해 여름 태풍이 불었을 때 해운대 초고층 건물 주변은 쑥대밭이 되었다. 태풍 부는 날 바닷가에 나가는 거 아닌데 싶어 조마조마한 마음으로 지켜볼 수밖에 없었다.

그저 안전이 가장 우선이다. 보기 좋은 건 그 다음이고.

다행히 장마전선은?

최근 경주에서 지진이 일어났다. 진도 5.8로 역대 최강이었다. 나는 그때 서울 모처에서 음주중이었고, 아무런 느낌이 없었다. 술 마시다 무심코 열어본 스마트폰에서 지진 소식을 처음 알았고, 카카오톡이 불통이라 잠시 당황했다. 부산에 계신 어머님께 전화를 드렸다. 심하게 좌우로 진동이 있었단다. 그래도 침착하신 모습이었다. 부산 근처에는 최근 들어 지진이 자주 일어났다. 불안한 일이지만, 일단 큰일은 없었기에 한시름 놓을 수 있었다.

그런데 지진을 보도한 방송 뉴스가 논란이 되었다. 지진이 일어난 직후 지상파 방송들은 그저 정규방송을 내보내고 있었다고 했다. 특보가 나간 것은 20분이 지난 뒤였다. 한 종편 채널만 유일하게 발빠른 속보를 송출해 찬사를 받았다. 이런 일이 있을 때마다 지역에 사는 사람들은 예민해진다. "서울에서 지진이 났어도 이랬을까"란 말이 단박에 나온다.

설마 지역이라 무시했을까 싶지만, 저런 불평에는 이유가 있다. 실제로 지금까지 언론사들은 재해나 큰 사고가 났을 때 그 상황을 보도하면서 서울 및 수도권과 기타 지역을 똑같이 대접하지는 않았다. 가장 가슴 아픈 예가 대구 동성로 지하철 방화사건이었다. 뉴스 시간을 통째로 털어 넣어도 될 엄청난 사고였음에도 전국권(이라 쓰고 서울권이라 읽어도 좋은) 방송 뉴스의 분량은 한참 모자랐다. 지역민들은 분노했다.

몇 해 전 여름, 인천 앞바다로 태풍이 상륙한 적이 있다. 우리나라에 영향을 주는 태풍은 8할이 제주도를 거쳐 대한해협으로 지나가는 것들인데 가끔 가다 서해안을 타고 중국으로 올라가는 것들이 있다. 그해 태풍이 그랬다. 태풍은 진행방향 오른쪽이 피해가 큰 법. 서해안과 서울 경기 쪽에 많은 피해가 예상되는 순간이었다.

그때 우리나라 언론이 보여준 호들갑은 눈뜨고 못 볼 지경이었다. 뉴스에서는 하루가 멀다 하고 유리창에 테이프 붙이는 방법을 시연했다. 큰 피해가 예상되니 철저히 대비하라면서, 지금 막 제주도 남쪽으로 접근한 태풍의 위력을 보여주는 생생한 보도가 줄을 이었다. 나 또한 긴장했다. 어린 시절 부산을 강타하는 태풍을 1년에도 몇 번씩 경험했던 나였다.

방송에서 저럴 정도면 이번 태풍은 엄청난 모양이라고 생각했다. 오래 전 부산 경남 해안을 초토화시켰던 태풍 '매미'도 떠올랐다.

그런데, 정작 올라온 태풍은 매미에 비하면 산들바람 수준이었다. 물론 바람도 불고 비도 왔다. 그런데 유리창이 깨질 정도는 절대로 아니었다. 이런 정도면 어릴 때 수십 번 겪어본 그렇고 그런 태풍하고 크게 다를 것도 없는데 왜들 신문이고 방송이고 그리 난리였을까 생각해보다가 이런 결론을 내릴 수밖에 없었다. 서울이니까. 서울이니까 그랬던 거였다. 물론 예상했던 것보다 태풍이 갑자기 약해졌을 수도 있다. 그렇다면 다행인데, 다시 말하지만 저 아랫동네로 접근해오는 그 많은 태풍에게 이런 호들갑은 분명 없었다.

부산 사무소에서 일할 때였다. 현지 기자들과의 식사자리였는데, 한 기자가 이런 말을 했다.

"내가 작년이었나, 재작년이었나. 하여간 여름에 일기예보 보고 기가 찼다는 거 아닙니까. 장마가 한참이었는데, 서울 텔레비전에 나온 기상 캐스터란 사람이 이런 말을 해요. '오늘 장마전선은 다행히 남부지방으로 내려가겠습니다' 하더라고. 아 진짜라니까. 내가 기가 차서 말이 안 나옵디다. 이 동네 사람들은 죽어도 좋다 이거 아니요."

그런데 그런 기막힌 사례는 또 있었다. 다시 태풍 매미 얘기다. 엄청난 피해를 입힌 매미가 부산을 지나갔다. 일기예보는 흥분된 목소리로 이렇게 전했다. "드디어 태풍 매미가 우리나라를 완전히 벗어났습니다!"

그 시간, 매미는 울릉도에 상륙하고 있었다.

제2장

———

부산에서
먹다

———

못골시장 새우튀김

대연동 시절, 큰길에서 버스를 내려 우리집에 가자면 못골시장을 통과해야 했다. 어두운 건물 안으로 들어서면 점포 사이로 자그만 길이 나 있었고, 그 길을 통과해서 시장을 나가면 또 골목을 사이에 두고 노점들이 서 있는 형식이었다. 어머니는 생선을 바깥 노점에서 사는 경우가 더 많았다. 골목 위에 쳐놓은 차일의 무늬가 고등어의 푸른 등에 어려서 뭐라 말할 수 없이 예쁜 빛을 내던 장면이 아직도 선연하다.

나는 시장 옆에 있는 학원을 다녔다. 미술학원이었나 서예학원이었나 그랬고, 초등학교 3학년 때였던 것 같다. 분명한 것은 내가 그 즈음에 하루에 한 번씩 시장을 지나다녔다는 거다. 혼자 있는 일이 워낙 익숙했던지라 나는 혼자서도 씩

씩하게 잘 다녔다.

시장 건물 초입쯤, 통로 왼편에 튀김을 파는 할머니가 계셨다. 까만 기름 솥에 하얀 옷을 입은 재료를 넣고 잠시 후 자루 달린 철망으로 휘휘 건져내 바로 손님 앞에 내주던. 여러 종류의 튀김이 있었지만 단연 내 관심을 끌었던 것은 새우튀김이었다. 어린 내 눈에도 결코 크지는 않았던 자그마한 생새우 튀김. 그 고소한 냄새가 항상 나를 유혹했다. 한 개 50원. 싸다고 할 수 없는 가격이었다. 왔다 초코바가 20원인가 30원 하던 때였으니까. 그래도 나는 가끔 사 먹었다. 맨날 먹을 수는 없었지만 틈날 때마다 기를 쓰고 사먹었다. 어머니가 주신 돈을 아끼고 아껴서 새우튀김을 한 개 집어먹고 집에 돌아올 때는 왜 그리 기분이 좋았던 걸까. 어느새 나는 할머니의 단골이 되어 있었다.

할머니는, 이 조그만 단골이 귀여웠던 모양이다. 그래 아가 왔나. 새오 묵으로 왔제? 요고 묵어라. 요기 새로 한 기다. 한 개 더 먹을래? … 할머니 인심 덕분에 어떤 때는 한 개 값으로 두 개도 먹고 그랬다. 갓 튀긴 새우가 뜨거워서 호호 불어 조금씩 먹는 내게 할머니는 말을 걸어왔다.

"몇 학년이고?"

"3학년인데예."

"3학년 치고는 크다. 집이 어데고?"

어두운 시장건물을 빠져나오면
반찬가게와 과일가게가 늘어서 있다.

©김성기

"저 안쪽인데예"

"글나. 아부지 뭐하시노?"

"…"

"와, 아부지 뭐하시는지 모르나?"

"미국 유학 가셨는데예."

"하이고 그래? 뭐 공부하시는데?"

"몰라예."

"미국 어데서?"

"…"

"보고 싶것다. 집에 편지는 자주 하시나?"

"편지 안 왔는데예."

"그래? 참말로 이상하다. 와 편지를 안 하실꼬."

나는 그냥 새우만 먹었다.

그 뒤로도 할머니는 나를 보시면 "아부지 편지 왔나?" 하고 물으셨고, 아니라고 대답하면 참말로 이상타를 연발하셨다. 나는 그제서야 처음으로, 미국에서 편지를 할 수도 있구나 했고, 어쩌면 아버지는 미국 유학을 가신 게 아닐지도 모른다는 생각도 그때 처음 하게 된 것 같다. 그리고는 한동안 튀김을 먹지 않았다.

어느 날, 나는 어머니와 장을 보러 나왔고, 튀김 솥 앞을 지나게 되었다. 고소한 냄새가 난다고 느낀 순간, 할머니가 반갑게 불러 세웠다. "아가, 튀김 묵고 가그라. 오랜만이네?"

"튀김 먹을래? 좋아하잖아." 어머니가 내 손을 끌었다. 200원어치나 시켰다. 잠시 망설이다 맛있게 먹는데, 할머니가 "야 엄만교? 우리집 새오를 어찌나 잘 먹는지" 하고 웃었다. 나는 그 순간, 아버지가 왜 편지를 하지 않는지 물어보면 어떡하나, 걱정이 되었다. 할머니를 쳐다봤다.

할머니는 그냥 웃으셨다. 안 물어보꾸마. 어서 묵어라, 눈으로 말하고 계셨다. 나는 다시 새우를 먹었다. 고소했다. 그 맛이 아찔해서 괜시리 한 손으로 바지춤을 꼭 움켜잡았다.

난생 처음 새우튀김을 네 개나 먹은 날이었다.

모성의 꼼장어

부산에 살던 어린 시절, 주말이면 어머니는 나를 데리고 시내 구경을 자주 나가셨다. 어머니 직장이셨던 광복 동 D여상 앞부터 시작해서 지금의 'Biff 광장'이 있는 남포동 극장거리를 지나서 국제시장, 부평시장까지 둘러보는 것이 주된 코스였다. 어머니는 주로 쇼핑을 하셨고, 그런 것들이 영 지겨웠던 나는 호떡이며 순대 같은 길거리 음식에 눈길을 주곤 했었는데, 그때마다 딱히 뭘 얻어먹은 기억은 없다. 아 쉽거나 야속했었는지는 기억나지 않는다. 다만, 가끔씩, 어머 니는 이렇게 말씀하셨지.

"나도 이런 데 서서 뭘 좀 사먹을 수 있는 팔자면 좋겠다."

사먹으면 되지 않는가 하는 내 물음에는 "아는 사람 만날 까봐" 아니면 "제자들 눈이 무서워서"라고 대답하셨다. 어머니도 길거리 음식이 그닥 싫지는 않았던 거다. 그냥 그 시절엔 교사들의 몸가짐이 그랬다.

그 대신, 가끔 부영극장 앞 대로를 건너 자갈치시장으로 넘어갈 때면 어머니는 내게 꼼장어를 사줬다. 꼼장어집은 포장마차 같은 가건물이었다. 껍질을 벗겨 꿈틀대는 꼼장어는 너무 징그러웠고, 너무 핑크빛이었고, 또 눈물이 쏙 빠지게 매웠지만, 결국 거역할 수 없는 감칠맛으로 내 어린 미각을 지배했다. 잘린 꼼장어 단면이 연탄불의 열기를 받아 꽃피듯 벌어지고 그 사이로 하얀 곱같은 진액이 삐져나오면 나는 그만 꽃향기에 취한 듯 정신이 혼미해지는 것이었다. 어쩌면 어머니가 내게 꼼장어를 사준 것이 몇 번 되지 않는지도 모른다. 또 어떤 날엔 꼼장어가 아니라 고래고기였는지도 모른다. 그러나 그 알싸하고 화끈한 양념 꼼장어의 맛은 뇌리 깊숙이 각인되어버린, 바로 자갈치의 맛이었다.

"역시, 갯가 놈 아니라 할까봐 잘 먹네."

대구가 고향인 어머니의 말씀이었다.

중학교 3학년 때였다. 어머니와의 자갈치 외출은 이제 뜸해졌다. 새로 이사 간 우리 동네 초입엔 산꼼장어집이 하나 있었다. 부산 바닥에서 흔히 보는, 그냥 그렇고 그런 집이었다. 그런가보다 하고 지내던 어느 날, 시험을 마치고 일찍 돌아온 나는 갑작스런 허기에 사로잡혔다. 그리고는 꼼장어의

꼼장어가 연탄불 위에서 꽃처럼 피어나면
향기에 취한 나는 정신이 혼미해진다.

©김성기

화끈한 감칠맛이 미친 듯이 그리워졌다. 어머니께 돈을 얻어 꼼장어 1인분을 사러 갔다. 양념한 채로 포장해와서 집에서 구워먹을 심산이었다.

주인아주머니는 주문을 받고는 바깥으로 나왔다. 수조에서 잠자듯 누워 있던 연갈색 꼼장어 한 마리를 잡아 꺼내서는 바닥에 퍼질고 앉더니 나무 도마 한쪽 끝에 박힌 못대가리에 꼼장어 대가리를 고정시켰다. 그리고는 거침없이 껍질을 주욱! 벗겨내는 거다. 이외수 선생이 어떤 소설에서였나 개가 닭을 물어 죽이는 걸 보고 "참으로 보들레르적인 장면"이란 표현을 썼지만, 이거야말로 보들레르의 끝판왕쯤 되는 장면이 아니었나 싶다. 졸지에 껍질이 벗겨진 꼼장어는 속살만 남긴 채 날뛰었고, 인정사정없는 아주머니의 칼질이 날아들어 토막쳐진 그 속살은 다시 큰 양푼에서 야채와 매운 양념과 한 몸이 되어 뒹굴었다.

그때, 알고보니 관객이 한 명 더 있었다. 주인아주머니의 어린 아들이 내 등 뒤에 서서는 즈이 엄마가 꼼장어 한 마리를 순식간에 저승길로 보내는 현장을 목도하고 섰던 것이었다. 초등학교 3학년쯤 되었을까. 아마도 어머니가 막 자갈치 꼼장어를 사주기 시작할 때의 내 나이쯤 되어 보였다. 갑자기 주인아주머니의 무서운 호통이 내려 꽂혔다.

"뭐 볼 끼 있다꼬 여기 서 있노! 퍼뜩 안 드가나! 뭐 구경할 끼 없어서 꼼장어 잡는 구경이나 하노 말이다. 어서 가서 공부 못하나!"

그리 역정을 내지 않아도 될 일이었는지 모른다. 그러나 아들이 잘 자라주기를 바라는 아주머니의 애틋한 마음 한 자락은 그때의 내게도 와닿는 것이었다. 요즘도 가끔 벌겋게 양념한 꼼장어가 생각날 때면 핑크빛 속살이 마지막 춤을 추던 그 골목 어귀와, 어린 아들에게 짐짓 역정을 내던 아주머니가 떠오른다. 그 아들은, 공부를 잘 했을까. 그래서 어머니처럼 꼼장어를 잡지 않아도 되는 일을 하고 있을까. 아니면 또 어딘가에서 연기를 잔뜩 피워가며 꼼장어를 굽고 있을까. 이래저래 내게 꼼장어는 모성과 동격이다. 그래서 나의 소울 푸드다.

돼지국밥 이야기

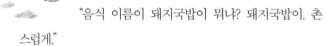
"음식 이름이 돼지국밥이 뭐냐? 돼지국밥이. 촌스럽게."

서울 사람인 아내가 내게 한 말이다. 한참 돼지국밥이 얼마나 맛있고 푸짐하고 따뜻한 음식인지에 대해 장광설을 늘어놓던 나는 살짝 당황스러웠다. 아니 돼지국밥이란 이름이 어디가 어때서. 돼지고기 넣어 끓인 국밥이란 뜻인데 뭐 잘못된 게 있나? 했더니 그래도 하여간 뭔가 촌스럽고, 돼지 냄새가 날 것 같은 이름이라는 대답이 돌아왔다.

아내는 순대국밥을 좋아했다. 머리고기와 순대 실하게 넣고 들깨 넉넉히 뿌려 먹는 순대국밥은 나도 좋아한다. 나쁘지 않다. 하지만 내게 있어 돼지국밥은 순대국밥으로 대체할 수 없는 음식이다. 꼼장어와 더불어 나의 소울 푸드다. 뽀얀 국물에 푸짐하게 들어있는 살코기. 거기다가 부추 겉절이를 듬뿍 얹어 먹는 그 맛을 어떻게 말로 표현할 수 있단 말인가. 부산에서 보낸 학생시절, 배고플 때 가장 먼저 떠오르는 음식은 단연 돼지국밥이었다. 허물없는 친구와 가볍게 만날 때도 국밥에 수육을 시켜 소주 한잔을 나눴고, 제법 규모가 있고 격식을 차릴법한 모임도 시내 중심가의 돼지국밥집에서 거뜬히 치러낼 수 있었다. 혼자서 급히 한 끼를 해결 할 때에도 돼지국밥 만한 게 없었으니 그 얼마나 든든한가. 가격도 저렴해서 주머니 가벼운 학생들도 마음껏 포식할 수 있었던 돼지국밥.

그런데 서울에 오니 돼지국밥이 없는 거다. 어디엔가 한두 집 있다고는 했지만 인터넷도 발달하지 않았던 때라 도대체 찾을 수가 없었다. 배가 많이 고픈 날, 어딜 가도 돼지국밥이 없다는 생각이 들면 나는 고만 우울해졌다. 그뿐인가, 서울 사람들은 아예 돼지국밥이란 말 자체를 몰랐다. 그게 뭐야? 순대국밥이랑 많이 달라? 입에 침을 튀겨가며 설명해주면 그들은 오호 그래? 부산 가면 한번 먹어봐야겠네. 하더니 꼭 한 마디를 덧붙였다.

"그런데 이름이 좀 그렇다. 돼지고기 국밥도 아니고 돼지국밥이라니. 돼지가 먹는 국밥이냐?"

"야, 돼지고기 넣고 끓인 국밥이란 뜻이잖아. 그게 뭐가 어정구지와 새우젓을 올리면 돼지국밥은 비로소 완성된다.
배고플 때 제일 먼저 떠오르는 나의 영원한 소울 푸드다.

©고수종

때서?"

나는 괜히 발끈했다.

아내가 돼지국밥을 처음 먹어본 것은 나의 부산 발령 이후였다. 온가족이 부산으로 이사를 왔다. 부산에 오자마자 막장에 찍어먹는 순대에서 신세계를 보았던 아내는 당시 제일 핫하다던 대연동 어느 식당에서 수육백반 한 그릇을 포식했다.

"음, 뭐 괜찮네."

애써 유보적 평가를 내렸지만, 은근 마음에 드는 눈치였다. 그 뒤로도 우리는 틈날 때마다 다양한 국밥집을 방문하며 맛을 비교해보기도 했다. 돼지국밥은 가게에 따라 국물 내는 법도 다르고 국물에 들어가는 살코기 부위도 다 달랐다. 일본 돈코츠 라면 국물처럼 진하고 뿌연 국물이 있는가 하면 나주곰탕 비슷하게 살코기만으로 맑간 국물을 내는 집도 있었다. 그 뿐이랴. 같은 국밥이라도 먹는 사람이 어떻게 간을 맞추고 양념하느냐에 따라 또 그 맛이 천차만별이다. 소금만 넣어서 깔끔하게 먹는 사람도 있다. 다대기 양념을 넣고 안 넣고에 따라 또 맛이 많이 다르다. 어쨌거나 가장 일반적인 방법은 새우젓으로 간을 맞추고, 붉은 다대기를 푼 다음 반찬으로 나오는 부추를 왕창 넣어 먹는 거다.

어떻게 만들든, 어떤 방식으로 먹든, 싸고 푸짐하고 진한 맛으로 먹는 사람을 무장해제시키는 돼지국밥에 서울사람 아내도 슬슬 맛을 들이고 있었다. 아내는 부산 시내 어디를 가도 골목마다 국밥집이 한 군데 이상 있는 것을 보고 그렇게 신기해했다. 어느 동네를 막론하고 길모퉁이만 돌면 돼지고기 삶는 냄새가 훅 끼친다며, 부산 사람들은 돼지국밥이 주식인가? 물었다. 당신이 소울 푸드라고 하는 것도 이해는 되네, 라고도 했다.

서울에도 이제 돼지국밥집이 제법 눈에 띈다. 회사 근처 새로 생긴 큰 건물에 입점한 한 가게는 점심 때마다 손님들로 장사진이다. 언젠가 시내에 볼일이 있어 나온 아내를 만나 점심을 먹으러 그리로 갔다. 국밥집이라고 하기엔 꽤나 밝고 깨끗하며, 세련된 인테리어가 돋보이는 가게에서 우리는 '돈탕반'을 시켜 먹었다. 아무래도 서울사람들에게 돼지국밥이란 이름은 끝내 적응하기 어려운 무엇인지도 몰랐다. 아내는 부산 살 때 생각난다며 한 그릇을 달게 비웠다. 잘 먹고 나서는 한 마디 했다.

"돼지국밥을 돈탕반이라고 하니까 뭔가 이상해."

그렇고 말고다.

재첩국

숙취 때문에 잠에서 깼다. 골은 지끈거리고 속은 울렁거린다. 아이고, 어제 너무 마셨네. 3차는 역시 가는 게 아니었다. 그러나 이미 때는 늦었고, 어떻게든 출근은 해야 한다. 간신히 정신을 수습하고 집을 나선다. 입맛이 없어서 그냥 나오긴 했는데, 아무래도 일을 하려면 해장은 해야 할 것 같다.

그럴 때면 꼭 생각나는 게 재첩국이다. 내게 있어 재첩국은 모든 해장국 중 으뜸이다. 선지국이나 짬뽕국물처럼 맵지 않으니 자극이 덜하다. 기름기가 없으니 속이 편한데, 그러면서도 콩나물국이 따라가기 힘든 감칠맛과 개운한 향이 있다. 북어국보다는 격조 있고, 복국보다는 서민적이다. 깨끗하고 맑으면서도 농염한 국물에 부추 띄워서 한 그릇 마시면 숙취 따위는 멀리 달아날 것이고, 나는 또 그 힘에 기대어 하루의 노동을 할 수 있을 것 같다. 그런데, 지금 재첩국을 어디서 구하냔 말이다.

어린 시절, 시장에서 재첩을 많이 팔았다. 진한 갈색의 조그맣고 반들반들한 그 조개더미를 한 움큼 사 와서 어머니는 국을 끓여 주셨다. 그렇지만 아무래도 재첩국은 집에서 끓이는 것보다 새벽녘에 돌아다니는 재첩국 아줌마한테 사먹는 게 제 맛이지 싶다. 매일 아침 골목을 깨우던 애절하고도 구성진 "재치국 사이소~!" 소리. 아침 반찬이 궁하거나 해장국이 필요한 집에서는 그 목소리를 기다렸다 냄비를 갖고 골목으로 나오면 된다. 아줌마들이 항상 재치국이라고 하는 바람에 나는 한동안 집에서 끓인 건 재첩국이고, 아줌마가 이고 다니며 파는 건 재치국인 줄 알았던 적도 있다.

대연동 우리집 앞 작은 골목에는 매일 아침 순서대로 세 명의 행상이 돌아다녔다. 제일 먼저 동이 채 트기도 전에 재첩국 아줌마가 "재치국 사이소~!"를 하고 나면 조금 있다가 계란 파는 아줌마가 약간 슬픈 가락을 섞어 "계란 사소오~ 계란!"을 외친다. 그리고는 잠시 지나서 또 다른 계란장수가 돌아다니는데 이 분은 아줌마가 아니고 아저씨다. 충청도 출신인 아저씨는 매우 짧고도 리드미컬하게 "계란삽셔! 계란삽셔!" 하고 외쳤다. 나는 이 아저씨가 제일 재미났다. 혼자 계란삽셔!를 따라해보고 큭큭 웃는 날도 많았다. 하루는 우리 집에서 그 아저씨 계란을 사게 되었다. 골목으로 따라 나온 나는 항상 궁금했던 걸 물어봤다. 아저씨는 왜 맨날 계란삽 셔! 그래요? 아저씨는 이유는 대답하지 않고 나를 물끄러미 보더니 이렇게 말했다.

"공부 열심히 해야 혀어~. 너 공부 안하면 이 아저씨 모냥 으루 계란삽셔! 하면서 살아야 뒤야~."

어디서나 사 먹을 수 있는 계란이라, 골목 행상을 더 이상 볼 수 없는 것이 그닥 아쉽지는 않다. 그런데 그 흔했던 재첩 국은 갑자기 구하기가 너무 어려워졌다. 초등학교 5학년 때 였나, 그때부터 재첩국 아줌마들이 보이지 않았다. 낙동강에 하구 둑이 생기면서 그 흔하던 재첩이 모조리 사라졌다고 했다. 낙동강 하구둑은 바닷물이 낙동강으로 역류하는 것을 막아서 부산 시민들의 고질적인 식수난을 해결해줬지만, 그 와 동시에 시민들에게서 재첩을 빼앗아 갔다. 예전부터 유명 하던 재첩국 식당들은 이제 섬진강에서 재첩을 가져온다고 했고, 시장 구석에 아무렇지도 않게 쌓여 있던 조그맣고 윤 기나는 재첩들도 덩달아 자취를 감췄다.

그래도 어렸던 나는 그저 가물 때 물통 들고 줄 서지 않 아도 되어서 좋아했을 뿐, 갑자기 사라져버린 재첩들이 아쉽 지는 않았다. 그저 요새는 재치국 아줌마들이 안 보이네 하는 정도였다. 그러나 내가 대학에 들어가서 본격적으로 음주의 길을 걸으면서 사정은 달라졌다. 술 마신 다음날이면 어느 기억 속엔가 박혀 있던 재첩국이 가장 그립고 아쉬운 음식이 되어버린 것이다. 숙취로 목이 바싹 마르고 속이 뒤집힐 때, 그 뽀얀 재첩 진국을 한 사발만 마셨다면 얼마나 좋았을까. 애써 해장국을 끓이지 않아도 새벽에 지나가는 재첩국 아줌마를 부를 수만 있다면. 왜 하필 우리 대에서 이 좋은 패스트푸드 해장국의 맥이 끊겼는지 원망스럽기만 했다.

들자니 낙동강 하구둑은 조만간 개방될 모양이다. 환경단체의 꾸준한 요구를 시에서 수용할 것이라고 한다. 그러면 낙동강에도 다시 재첩이 살 수 있을까. 명절 쉬러 부산 갔을 때, 하구둑길을 택시로 지나는데 기사님이 말씀하셨다. "내가 어릴 때, 저 강에 들어가서 재첩을 이만큼씩 건져오고 그랬어요." '이만큼씩'이라고 말씀하실 때 기사님은 운전대에서 손을 놓을 기세였다. 이제 그런 날이 다시 오는 건가. 그러면 좋겠다. 그럼 재치국 사소를 외치던 아줌마들은? 만에 하나라도 다시 그 아지매들의 구슬픈 소리를 듣는 날이 다시 온다면, 나는 새벽잠을 안 자고라도 기쁘게 문을 열고 나가 진국 한 그릇을 받아오고 싶은 마음이다.

다리집 떡볶이 변천사

「수요미식회」에 '다리집'이 나왔다고 한다. 부산에서 떡볶이 좀 먹어봤다는 사람이면 다 아는 그 다리집. 검붉은 고추장 양념에 굵은 가래떡을 통째로 담가 만든 떡볶이와, 심해에 산다는 대왕오징어를 잡아올려 튀겨낸 듯 호쾌한 오징어튀김으로 유명한, 내 소싯적 단골집이었던 다리집이 이제 전국적인 명소가 된 느낌이다.

다리집을 처음 알게 된 것은 1980년대 중반, 중학교 2학년 때였다. 나는 그때 지금의 금련산역 근처, 그러니까 남천동 산자락의 조그만 아파트에 살았고, 다리집은 KBS 방송국 앞 대로변에서 광안리 해변 쪽으로 내려가는 골목 초입 오른편에 서 있던 허름한 손수레 포장마차였다.

그저 떡볶이와 튀김을 파는 이름 없는 포장마차. 앉을 자리도 없고, 수레 앞에 서서 집어먹을 수밖에 없는, 다리집은 그런 곳이었다. 한 가지 독특한 점은 손수레 정면, 사람 허리 높이 쯤에 흰색 가림막이 팽팽하게 쳐 있었다는 거다. 그러니 손님들은 허리를 굽혀 가림막 아래로 몸을 숙여야 입장이 가능했다. 간판도 없었다. 그런데 사람들은 거기를 '다리집'이라고 불렀다. 지나가다 힐끗 보자면 수레 앞에 붙어 옹기종기 서서 먹는 손님들의 다리가 가림막 아래로 보였기 때문이다. 인근 D여고 학생들이 주된 고객이었는데 그녀들의 하이얀 다리통이 유달리 시선을 끌었는지도 모르겠다. 나는 하굣길에 가끔 들리곤 했다. 예나 지금이나 떡볶이를 그리 좋아하지 않으므로 내 주 메뉴는 오징어튀김이었지만, 가끔 그 검붉은 통가래떡 떡볶이가 당기는 날도 있었다. 의외로 맵진 않고 달착지근 감칠맛 나는 떡볶이. 아줌마 떡볶이 하나 주세요, 하면 아줌마는 기다란 꼬치에서 검붉은 가래떡을 쑥 빼내어 가위로 잘라서 내주셨다.

어느 날, 다리집에 최대 위기가 찾아왔다. 바로 맞은편에 각종 튀김을 전문으로 파는 큰 업소가 등장한 것이다. 그럴 듯한 간판에 사뭇 고상한 이름까지 갖춘 그 가게에는 정말로 없는 튀김이 없었다. 다른 데 다 있는 새우, 오징어, 야채, 고추튀김은 기본이고 계란튀김, 메추리알튀김, 게맛살튀김, 어묵튀김 등등 다양한 메뉴가 눈길을 끌었다. 메뉴 못지않게

작은 포장마차였던 다리집은
이제 전국적인 명성을 떨치는 맛집으로 변신했다.
지금 다리집이 있는 자리는 원래 포장마차의 건너편으로,
정원 속에서 튀김을 먹던 경쟁업소가 있던 자리다.

©김성기

그 집의 시스템 또한 혁신적이었다. 일단 손님은 가게 안으로 들어와서 자기가 원하는 튀김을 뷔페식으로 접시에 담는다. 계산을 마치고는 반대편 문을 열고 다시 나가는데, 바깥에는 제법 그럴듯한 정원이 펼쳐져 있고 야외에 테이블이 놓여 있었다. 곳곳에 매달린 스피커에서는 음악이 흘러 나왔다. 비가 오거나 추운 날씨에는 비닐하우스가 설치되어 손님들은 그 안에서 난로불을 쬐며 튀김과 단팥죽을 먹었다. 나는 다리집은 이제 끝났다고 생각했다. 게임이 안 되어 보였다. 튀김 업계의 다윗과 골리앗을 보는 느낌이었다.

그런데, 끝난 것은 다리집이 아니었다. 어느 날 그 큰 가게는 흔적도 없이 사라지고, 그 자리엔 전자오락실이 들어왔다. 반면 다리집은 확장했다. 손수레는 그대로 있었으나, 손님들은 더 이상 그 앞에 붙어 서서 먹지 않았다. 손수레 뒤편 공터까지 터를 넓힌 다리집은 이제 테이블을 차려놓고 손님을 맞았다. 하얀 가림막을 들치고 입장하는 것은 여전했으나, 그 가림막 아래 늘어선 여학생의 다리를 구경하는 호사는 이제 끝이었다. 대신 가림막에는 주인이 손수 써붙인 '다리집'이라는 간판이 붙어 있었다. 친구들 얘기를 종합해보자면 역시 다리집의 떡볶이나 오징어튀김 맛을 다른 집에서 따라갈 수는 없는 거였다고 했다. 나는 살짝 감동했다. 이 조그만 포장마차가 저리 큰 가게를 상대로 이겼구나. 맛으로 승부하면 되는 거였네. 뭔가 찡한 느낌이었다. 그렇게 다리집은 내가 그 동네를 떠날 때까지 영업을 계속했다.

세월이 흘러 10년도 더 지난 어느 날, 서울에서 신혼살림을 꾸린 나는 아내와 함께 부산을 방문했다. 광안리 구경을 하러 가는데, 떡볶이 좋아하는 아내에게 다리집 떡볶이 맛을 보여주자는 생각이 들었다. 여전히 다리집은 그대로 있는 걸까. 두근거리는 마음에 골목 초입을 들어섰다. 그러나 그 옛날 포장마차는 간 곳이 없고, 공터에는 대형 건물이 들어서 있었다. 아, 역시. 세월을 비켜갈 수는 없었나보다.

허탈한 마음에 해변으로 발길을 돌리는데, 갑자기 '다리집'이라 쓰인 큰 간판이 눈에 들어왔다. 허름한 포장마차가 아니라 이제는 어엿한 분식집이었다. 실내는 손님으로 북적거렸다. 떡볶이와 튀김은 그대로였는데, 시스템은 많이 바뀌어 있었다. 손님들은 차례로 줄을 서서 주문을 하고 패스트푸드점처럼 쟁반에 음식을 받아갔다. 오뎅 국물은 셀프 서비스였다. 참으로 놀라운 발전이었다. 그 옛날 그 자리를 차지했던 큰 튀김집 생각이 났다. 다윗은 자라서 스스로 골리앗이 되었다.

인터넷에도 떡볶이 맛집으로 자주 소개되고, 이제 방송도 탔으니 당분간 다리집은 더 발전할 터였다. 흰 장막 밑으로 옹기종기 모여 서 있던 여학생의 다리들은 이제 올드 팬들의 추억으로만 남겠지만, 검붉고 달큰한 떡볶이와 고소하고 푸짐한 오징어 튀김 맛은 변하지 않았으면 좋겠다.

밀치회의 맛

"우리 식구들이 밀치를 좋아해서요. 밀치 절반하고… 또 뭐가 있는교?"

"그라믄 밀치하고 숭어하고 하이소."

"예? 밀치나 숭어나 같은 거 아닙니까?"

"아닙니데이. 비슷한 종륜데 달라예. 밀치는 양식이고 숭어는 자연산. 숭어가 봄이 제철이라 지금 갠찮아예. 잡사 보이소."

"아하, 참숭어니 가숭어니 하드만, 그게 이건가 보네요."

"맞아예. 밀치가 참숭어고 이거는 가숭어. 색깔도 다르잖아예. 밀치는 좀 빨갛고 숭어는 색깔이 희고."

"그러면 밀치 절반하고, 숭어를 조금 섞어서 주이소. 이렇게 하면 다섯 명 먹지요? 얼마라고요?"

2월이 끝자락을 향해 가던 어느 날, 나는 부산 출장길에 시장통에 있는 횟집에서 회를 포장하는 중이다. 우리 식구가 제일 좋아하는 밀치회를 잔뜩 샀다.

밀치는 숭어의 일종이다. 그러나 밀치회와 숭어회는 맛이 엄연히 다르다. 밀치라는 말은 경상도 지역과 속초 등 동해안에서만 통한다. 서울 노량진 수산시장에서 밀치 있어요? 하면 밀치가 뭐예요? 라는 말이 돌아온다. 멸치요? 하는 사람도 있고.

숭어*는 종류에 따라 참숭어와 가숭어로 나누는데, 둘 중 한 놈은 눈깔 색이 노랗고 꼬리가 뭉툭하게 생겼다. 요놈이 밀치다. 늦가을부터 초봄까지가 제철이다. 다른 한 놈은, 보통 숭어라면 요놈을 말하는 건데, 눈이 하얗고 꼬리가 제비 꼬리마냥 갈라졌다. 봄부터 제철을 맞으므로 보리숭어라 부르기도 한다. 문제는 어떤 놈이 참숭어고 어떤 놈이 가숭어냐 하는 건데, 밀치를 즐겨 먹는 동남 해안에선 밀치를 참숭어라 하고, 그냥 숭어는 가숭어, 즉 가짜 숭어라 부른다. 그런데 정작 어류도감에는 정반대로 등록되어 있다고 한다. 유명한 블로그에 올라가 있기를, 어민들이 자기 앞바다에서 주로 나는 해산물에 무조건 '참' 자를 붙이다보니 동네마다 참 자

---

* 참숭어, 가숭어 구분에 관한 내용은 〈입질의 추억〉 블로그 참조.

붙는 어류가 다 다르다나. 어쨌거나 내가 좋아하는 건 이 밀치다.

중요한 것은 그 이름이 아니라 제철을 맞은 밀치회가 깜짝 놀랄 정도로 맛있고, 가격도 싸다는 점이다. 겨울에 먹는 밀치회는 그야말로 환상적이다. 식감이 쫄깃하지는 않으나 부드러우면서 마치 수박을 씹는 듯한 사박거리는 식감이 있다. 무엇보다 제철 밀치는 기름이 잔뜩 올라 고소한 맛이 으뜸이다. 겨울에 좋은 대접을 받는 방어보다는 진한 맛이 덜하지만 그만큼 느끼함도 없어 많이 먹을 수 있다.

나는 부산에서 근무하던 어느 해 겨울, 단골로 다니던 민락동 회센터 '상주상회' 아줌마의 권유에 따라 처음 밀치를 영접한 순간을 잊지 못한다. "요거 요새 맛있는데, 함 잡솨볼라요?" 하며 썰어주신 밀치. 광어와 같이 포장해서 친척 모임에 갔었는데, 그때 모인 친척분들은 기름 자르르한 밀치 맛에 반한 나머지 광어에 거의 손을 대지 않았다. 그 이후로 우리 식구들은 이 묘한 생선회의 포로가 되어버렸다. 당시 우리집은 광안리 해변에서 차로 10분 거리였기에, 야식이 당기는 날은 치킨 대신 밀치를 사서 먹었다. 가격도 저렴해서 치킨보다 싼 값에 두세 명은 충분히 먹는 양이 나왔다. 따뜻한 봄이 오면 이제 밀치가 떠난다며 슬퍼했고, 여름 지나 찬바람 불 때쯤이면 밀치가 돌아오기만을 기다렸다. 강남 갔던 찬바람 부는 계절에 먹는 밀치회는 최고다.
어떤 비싼 생선회도 부럽지 않다.
부드럽고 사박거리는 식감도 좋고
기름이 올라 고소한 맛이 일품이다.

©김성기

제비 기다리는 흥부 심정이 그랬을까. 요즘도 가끔 부산 출장길에 들르면 아줌마는 내가 들어서는 순간 "아이고, 삼촌 왔나!" 하며 반겨주신다. "나는 밀치만 보면 삼촌 생각이 난다카이!"

그래서 상주상회 아줌마에게 나는 '밀치삼촌'으로 통한다. 서울에서 누군가 부산에 놀러갈 일이 있어 횟집 좀 소개해 달라 그러면 나는 주저 없이 아줌마를 소개시켜준다. '서울 사는 밀치삼촌'이 보내서 왔다 하면 그걸로 끝이다.

오늘은 광안리까지 갈 시간이 되지 않아서 부산진역 근처 '시장횟집'에서 회를 샀다. 끝물이 되어가는 밀치와, 또 봄부터가 제철이라는 숭어회를 같이 포장해서 서울행 KTX를 탔다. 우리집 네 식구에 장모님까지 모셔놓고 다섯 명이 식탁에 둘러앉았다.

밀치는 전반적으로 색이 어두운 붉은빛을 띠는 반면, 숭어는 거의 흰색이면서 혈합육 쪽이 더 빨개서 쉽게 구분된다. 맛은 사뭇 달라서 밀치가 사박사박 씹히면서 고소한 기름이 도는데 비해 숭어는 탄력 있지만 딱히 감칠맛은 없다. 수조에서 헤엄치는 두 놈은 쉽게 구분이 안 되는데 회로 떠놓으니 확실히 다르다는 게 좀 많이 웃긴다. 맛에 감탄하며, 싼 가격에 놀라며 우리 식구는 오랜만에 회를 포식했다.

다음 날, 참 좋은 페이스북 친구 H님은 내가 올린 글을 보고는 곧바로 시장횟집에다 택배를 부탁했고, 이내 난생 처음 보는 고소한 맛에 그만 반해버렸다. H님은 급기야 동네 주민들을 모두 모아 밀치 공구를 진행하고, 그 결과 무려 100만원어치의 밀치 박스가 서울 어느 동네 아파트에 배달되기에 이르렀단다. 그걸 나눠 드신 이웃 주민은 눈물을 흘리며 이제 광어, 우럭 따위는 먹지 않겠다고 맹세했다나. 이 작은 생선이 해낸 일을 보며 나는 그저 감탄할 뿐이었다.

양곱창 골목

며칠 전, 파주 우리집 건너편 상가에 곱창집이 새로 오픈했다. 할인 행사를 한다고 해서 가족들과 함께 저녁을 먹으러 갔다. 오랜만에 소 곱창과 대창, 막창을 푸짐하게 먹었다. 속에 든 곱이 흘러나오지 않도록 조심하면서 아이들이 먹기 좋게 곱창을 자르는 것은 기술이 필요하다. 곱창의 곱과 혼동하기 쉬운 대창 속의 기름은 최대한 잘라냈다. 서비스로 나오는 간천엽도 무척 좋아하는데, 생간에 기생충이 있다는 얘기를 듣고 난 뒤에는 절반은 구워 먹기로 했다. 과연 저렴한 가격이었던지라 우리 가족은 포식했다. 초등학교 6학년이 된 딸아이는 그날 처음 본 천엽을 징그럽다 하면서도 잘 먹었다.

의외로 직화구이를 하는 집이었다. 비록 합성탄을 쓰긴 했지만, 철망 모양의 석쇠가 튼실하게 놓여 있었다. 얼기설기 엮은 철망 위에서 직접 불에 닿은 내장을 굽노라면 기름이 참 많이도 떨어진다. 타지 않게 굽느라 신경 쓰이지만, 또 그만큼 '불맛'이 좋다. 내가 의외라고 한 것은 서울의 대중적인 곱창집들은 대체로 둥근 철판 위에서 양파 부추 등 야채와 함께 볶아먹는 형태가 많기 때문이다. 교대 앞이나 종로, 신촌 등에서 볼 수 있는 곱창집들이 그런 스타일이다. 곱창이 익어가는 철판 위에 소주를 부어 불 쇼를 보여주기도 하고, 어떤 집에서는 '마약 가루'라며 정체 모를 양념을 뿌려주기도 한다. 서울에도 물론 직화구이 곱창이 있지만, 그런 집들은 무척 비싸다.

반면, 정확하진 않지만 내가 알기로는 부산의 양곱창집 중에는 직화로 굽는 집들이 많다. 역사와 전통을 자랑하는 자갈치나 대신동 쪽 곱창집들은 대개 직화구이다. 서면 곱창골목은 대체로 철판을 쓰지만, 그 철판에도 가운데 구멍을 숭숭 뚫어서 기름이 아래로 빠지도록 해놓았다. 나는 어려서 먹던 버릇 때문에 직화구이가 더 반갑지만, 철판구이도 잘 먹는다. 어떻게 먹어도 곱창은 맛있다.

한 가지 아쉬운 것은, 아무래도 이게 소의 내장이다보니 비싸서 예나 지금이나 그리 자주 먹을 일은 없다는 거다. 요즘엔 삼겹살 값도 많이 올라서 그리 큰 차이가 없다고 하지

연탄불 위에서 직화구이로 익혀 먹는 부산의 양곱창.
회 말고 먹을 게 없을까 할 때 권할 만한 또다른 부산의 맛이다.

©김성기

만, 예전에는 제대로 된 양곱창이나 대창구이를 먹으려면 나름 출혈을 각오해야 했다. 부산에서 살던 학생시절에는 서면 곱창골목에 간다는 것이 해운대 암소갈비보다는 못해도 나름 만만찮은 호사였던 것으로 기억한다. 하긴 고기 먹을 일 자체가 별로 없는 대학생이었으니까 삼겹살이라고 만만했겠냐만.

그런데 딱 한 번, 정말 딱 한 번, 친구들과 마음껏 양곱창을 포식한 적이 있었다. 그날의 곱창은 얼마나 야들했던가. 소주는 또 얼마나 달게 넘어갔던가. 오랜만에 직화구이로 양곱창을 먹으면서 나는 또 그날 밤이 떠올랐다.

고등학교 동창들과 만나기로 한 날이었다. 서구 쪽에서 학교를 다녔던지라 주로 우리가 만나면 남포동이나 대신동 쪽이었는데, 그날은 서면에서 보자고 했다. 친구 중 한 명이 서면에 볼일이 있다고 했다. 나는 집이 서면 근처여서 나쁠 것이 없었다. 그래서 만났는데, 그 친구는 본다는 볼일은 다 봤는지 바로 곱창골목으로 우리를 데리고 갔다. 어, 여기 비싼데, 싫었지만 다들 말없이 그 친구를 따랐으므로 나도 그랬다. 골목에 늘어선 곱창집들 중 한 곳으로 들어갔다.

서면의 곱창골목은 한 집이 여러 가게를 품고 있다. 들어서면 가운데 통로가 있고 양쪽 옆으로 아줌마들이 각자의 화로 앞에서 곱창을 구워 판다. 그게 다 다른 가게여서, 손님들은 각자 알아서 아줌마 근처에 빙 둘러앉아 먹게 되는 거다. 서울로 치면 신림동 순대골목 같은 시스템이다. 출입구는 같지만 각 코너는 독립적으로 영업한다.

볼일이 있다던 친구가 앞장서서 안으로 들어서자 이상한 일이 벌어졌다. 각 코너의 아줌마들이 하나같이 아는 체를 하는 거다. 친구는 우리를 데리고 모든 코너를 다 방문했다. 아줌마들은 그 친구가 오기를 기다려 각자 하얀 봉투를 하나씩 건넸다. 돈이 들어있는 것 같았다. 나는 난생 처음 보는 광경에 너무 놀랐다. 지금 얘가 뭘 하는 거지? 순식간에 그 친구의 가방 속에는 제법 많은 돈이 쌓이고 있었다. 한 바퀴 순회공연을 마친 친구가 그중 한 아줌마 앞에 우리를 데리고 갔다. 그리고는 쌓여 있는 봉투 중 하나를 열었다. 우리를 돌아보고는 한 마디 했다.

"시키라. 묵자."

그 건물은 친구 어머니의 소유라고 했다. 그날은 월세를 걷는 날이었고, 내 친구는 어머니 심부름도 할 겸 우리한테 한 턱 쏜 거다. 익히 알고는 지냈지만 미처 그런 줄은 몰랐던 나는 친구의 부티 나는 하얀 얼굴을 무척 존경스럽게 쳐다봤다. 눈으로는 친구를 쳐다보면서 한 손으로는 계속 곱창이며 대창을 집어먹었고, 또 다른 한 손에 움켜쥔 소주잔은 연신 입으로 가져가고 있었다. 나는 그날 생각했다. 나도 이다음에 훌륭한 사람이 돼서 이런 건물이 하나 있었으면 좋겠다고. 다른 것도 아니고 양곱창 가게로. 아니 기왕이면 횟집이 더 좋을라나.

또 그렇게 밤이 깊어가고 있었다.

시장통 중국집 사장님

부산에 발령받아 일하고 있을 때 얘기다. 나는 고향을 떠난 지 10여 년 만의 귀향이어서 너무 기뻐 어쩔 줄 몰랐다. 오랜 친구들과의 재회도 반가웠고, 무엇보다 오랜만에 맛본 고향 음식이 나를 편안하게 했다. 그리웠던 돼지국밥은 너무나 맛있었고, 소울 푸드 꼼장어도 반가웠다. 한참 그렇게 고향 음식과 회포를 풀던 시기가 지나고, 이제 평범한 일상이 다시 시작되려고 하던 그런 시점이었다.

부산의 우리 사무실 근처에는 재래시장이 하나 있다. 점심시간이라 오늘은 뭘 먹나 하고 주변을 돌아보는데, 시장 못 미친 곳에 중국집이 있었다. 동료 직원의 말에 따르면 근처에선 꽤나 이름난 곳이라고 했다. 저녁 때 손님이 많아서 점심 영업은 안 하는 날도 많은데 오늘은 용케 문을 열었다는 말에 호기심이 동해서 들어가봤다.

손님은 아무도 없었고, 중년의 아저씨가 한 분 앉아서 졸고 있었다. 우리가 들어가자 퍼뜩 깨서는 어서 오시라고 하는 걸 보니 사장님이었다. 곱슬곱슬 머리에 부리부리한 눈. 살짝 낯선 외모가 한눈에 화교임을 알아보게 했다. 어찌 보면 요즘 텔레비전에 자주 나오는 백 모씨를 좀 닮기도 했다. 그렇잖아도 간판에 '화상華商'이라고 씌어 있었다. 중국사람 사장님은 걸걸한 부산 사투리로 주문을 받으러 오셨다. 그런데 메뉴판이 좀 특이했다.

늘 먹는 짜장, 짬뽕, 탕수육 말고도 해물누룽지탕은 물론, 해삼과 전복을 소재로 한 다양한 요리가 눈에 띄었다. 서울 무교동의 유명한 어떤 집을 연상시켰다. 그런데 거기 비하면 가격은 무척 저렴했다. 면 요리도 광둥 식이었나 홍콩 식이었나, 매콤한 소스에 볶아낸다는 2인분짜리 면들이 눈을 끌었다. 그런 걸 하나 시켰다. 부리부리 투박하게 생긴 사장님은 말없이 주방으로 들어가더니, 깜짝 놀랄 만큼 빠른 속도로 후다닥! 한 쟁반을 볶아 내오셨다. 번개 같은 솜씨였다. 일단 스피드가 놀라웠고, 그 다음으로 놀란 건 맛이었다. 해물의 상태가 우선 훌륭했다. 좀전까지 바다에서 놀던 오징어며 새우를 건져 올려 만드는 것 같았다. 그런 놈들을 센 불에서 재빨리 볶아내서는 탱탱한 면과 걸쭉한 소스를 함께 부어냈다. 활활 타는 불맛과 재료 맛, 면의 식감이 조화를 이루고 있는 훌륭한 음식이었다.

그 뒤로 나는 그 집 팬이 되었다. 점심시간 영업 여부는 언제나 유동적이었다. 어쩌다 운대가 맞아서 가보면 항상 손님은 우리 테이블 하나였고, 아저씨는 걸걸한 목소리로 주문을 받아서는 후다닥! 음식을 내오셨다. 맛있다고 칭찬 드리면, 뭐 당연한 소리를 하느냐는 식으로 반응했다. "그러니까 잘되는 집에 와야 싱싱한 거를 먹을 수 있는 기라요" 하셨다.

어느 날 점심이었다. 그날은 우리 말고도 옆 테이블에 손님이 있었다. 처음 온 듯한 손님이 사장님께 "여긴 뭐가 맛있어요?"라고 물었다. 아마도 약간 낯선 메뉴판 때문이리라. 그런데 사장님은 그 손님을 한 번 스윽, 쳐다보더니 별안간 고래고래 소리를 질렀다.

"중국집이 다 똑같지, 뭐가 있겠능교!! 뭐, 짜장! 짬뽕! 우동이지!! 그라믄 뭐, 불고기 있겠능교!!!"

나는 천둥소리에 놀란 유비처럼 젓가락을 떨어뜨릴 뻔했다. 물론 나도 부산 사람이었고, 모름지기 부산 사람들은 일상적인 대화도 그렇게 싸움을 하듯 큰 소리로 주고받기도 한다는 건 익히 알고 있었다. 그래도 그 장면은 참으로 생뚱맞은 것이었다. 아아, 시크하신 사장님. 그렇게 해도 장사가 되는 것일까. 다행히 손님들은 껄껄 웃으며 주문했고, 사장님도 하하 웃으며 또 한 그릇을 후다닥 볶아 내오셨다. 어쨌거나 그 집은 일대에선 소문난 맛집이었다. 저녁 땐 늦게까지 성시를 이룬다고 했다.

한번은 낮에 찾아간 우리에게 사장님은 쿠폰 한 다발을 내밀었다. 해운대 유명 호텔 맞은편에 분점을 낸다고 했다. 장사가 잘 된다는 게 사실이었다. 하긴 충분히 경쟁력 있는 맛이었다. 해운대점을 찾은 건 그로부터 한 달 뒤였다. 서울에서 온 손님들과 함께였다. 멋진 중국요리를 저렴하게 먹여주겠다고 큰소리친 터였다.

그런데, 해운대의 분점은 상호는 같았지만 너무 다른 집이었다. 시장통 허름한 중국집인 본점과 달리 해운대점은 굉장히 호화로웠고, 요리 가격도 비교할 수 없게 비쌌다. 본점에서 즐겨먹던 해물누룽지탕을 시키려고 보니 가격이 많이 차이 났다. 비싼 재료가 들어가서 그렇다고 했다. 그렇게 해서 나온 요리는 분명 훌륭하고 맛있었지만, 같은 집의 음식이라기엔 너무 차이가 있었다. 여기는 그냥 최고급 차이니즈 레스토랑이었다. 미칠 듯한 스피드도 없었고, 그 알싸한 불맛도 살짝 덜한 것 같기도 했다. 더군다나 고래고래 작렬하는 중국사람 사장님의 부산 사투리는 기대할 수도 없는 일이었다. 사장님은 어디 계시냐 했더니 어떤 아주머니가 나오셔서 인사를 했다. 앞으론 그저 본점에나 가야지 싶었으나, 그 이후로는 그것도 불가능했다. 아예 점심 영업을 포기한 눈치였다.

나는 다시 서울로 올라왔다. 가끔 출장을 가서 그 앞을 지나가도 낮에는 역시 문이 굳게 닫혀 있다. 그 때 같이 가서 먹던 동료 직원도 최근에는 간 일이 없다고 했다. 인터넷을 찾아보면 아직도 성업중이라고 했는데, 또 누군가는 사장님이 돌아가셨다고도 했다. 나는 궁금하다. 아직도 사장님은 그 자리에 계신 걸까. 여전히 걸걸하고 화끈한 부산사투리를 쓰며 빛의 속도로 후다닥 한 접시를 내오고 있는가. 해운대 지점은 잘 되고 있는지.

그저 건강하시기를 바랄 뿐이다.

부산에는 부산오뎅이 없다

대학생 때였다. 여름방학이 지나고 2학기가 막 시작되었을 무렵, 학교 후문 근처 식당에서 친구들과 점심을 먹는데 친구 한 명이 마침 나온 오뎅 반찬을 보고 이렇게 말했다.

"아, 맞다. 내 방학 때 서울 가니까 부산오뎅이란 게 있더라."

"그게 뭔데?"

"나도 몰라. 그냥 오뎅이던데?"

"그런 게 어디 있노."

"아 몰라, 그냥 부산오뎅이라 써 놨더라."

"장난 똥때리나?"

부산 사는 우리도 모르는 부산오뎅이라니. 오뎅은 다 같은 오뎅이 아닌가? 그런데 부산오뎅은 다른 오뎅과 어떻게 다르지? 우리는 서울에만 있다는 부산오뎅이 궁금했다. 그런데도 정작 부산오뎅을 서울에서 보고 왔다는 친구는 차이를 모르겠다고 했다. 뭐 이런 경우가 다 있단 말인가.

신기하게도 그 이후로 방송을 타고 부산오뎅 얘기가 슬슬 전해지기 시작했다. 그러니까 부산오뎅은 별난 무엇이 아니라 부산에서 만든 오뎅을 통틀어 말하는 거였다. 오뎅은 오뎅이지 부산오뎅이라고 뭐가 다른가 하면, 부산에서 만든 오뎅은 다른 동네에서 만든 것보다 생선 함량도 높고 해서 더 맛있다는 그런 말이었다.

하긴 부산에는 맛있는 오뎅이 제법 있다. 국제시장 옆 부평시장에 가면 직접 만든 오뎅을 만들어 파는 가게도 있다. 어떤 친구네 집은 오뎅 살 때 꼭 부평시장의 특정한 가게에 가서 대량 구매를 한다고도 했다. 우리집은 어땠냐 하면, 오뎅은 그냥 오뎅이었다. 아무 시장에나 가서 좌판에 있는 걸 아무렇게나 사먹어도 대충 맛이 있었다.

부산오뎅이 유명세를 타면서 웃지 못 할 에피소드가 하나 있었다.

때는 2002년, 월드컵의 함성이 채 사라지기 전 부산에서는 아시안 게임이 열렸다. 그 대회에는 북한 선수단도 대규모로 참가해서 의의를 더했다. 남북관계가 꽤 괜찮았던 때였으니까. 하루는 대회 관계자에게 북한 선수단 임원 하나가 이렇게 물었다. 신문 기사에서 본 얘기다.

"부산에는 무슨 음식이 유명합니까?"

그러자 대회 관계자가 이렇게 말했단다.

"어묵이요."

아아, 어묵, 그러니까 오뎅이라니. 나는 머리를 감싸 쥘 정도로 안타까웠다. 아니 이 사람아. 부산에 먹을 게 얼마나 많은데 하필 오뎅이냐. 우선 회부터 얘기하고 그게 아니라도 돼지국밥, 꼼장어, 조방낙지, 밀면, 복국, 대구탕 등등 수많은 음식을 다 제쳐두고 하필이면 북한 동포한테 자랑할 게 오뎅이라니. 이게 다 그 정체불명의 부산오뎅 때문이다.

아니나 다를까. 북한 임원은 픽 웃으며 이렇게 말했단다.

"어묵? 기딴 건 우리는 줘도 안 먹소. 땅바닥에 패대기쳐버리지."

이 대목은 이 대목대로 좀 싸했다. 북한의 그 냥반도 허세가 장난 아니네 싶더라.

서울과 그 근처에서 살게 된 지 20년 된 지금도 부산오뎅이 그렇게 특별한지 나는 잘 모른다. 동네 마트에서 사먹는 오뎅은 서울이나 부산이나 비슷하기 때문이다. 부산오뎅이 소문나기 전 서울에서 팔던 오뎅을 먹어본 적이 없는 나로서는 그 차이를 짐작할 길이 없다.

하지만 분명한 것은 있다. 부산에서는 오뎅을 굳이 부산오 뎅이라고 이름 붙여 팔지는 않는다는 거다. 오뎅은 그냥 오뎅일 뿐이다. 춘천에 있는 닭갈비집을 가보고 나는 알았다. 춘천에는 '춘천닭갈비'라고 써놓은 집이 거의 없다. 닭갈비는 그냥 닭갈비일 뿐이니까. 춘천 아닌 다른 동네의 닭갈비집에는 예외 없이 '춘천닭갈비'를 자랑스레 써 붙여 놨다. 부산오뎅도 마찬가지일 것이다.

최근 몇 년 사이에는 또 부산역에 어묵을 파는 가게가 들어섰다. 50년 넘게 부산에서 어묵을 만들어 팔았다는데 그렇다고 나는 별로 들어본 적은 없는 상호였다. 와, 그런데 이건 정말 맛있었다. 오뎅의 신세계였다. 그런 거 보면 부산오뎅이 맛있기는 한가 보다.

오뎅 바의 메로뎅

10년간의 서울 생활을 잠시 중단하고 부산 발령을 받아 일하던 그 몇 년의 세월은 참으로 아기자기하고 따뜻한 기억으로 남아 있는데, 그 기억 가운데에는 오뎅 바의 추억도 있다. 요즘도 쌀쌀한 겨울철 퇴근 무렵이면 떠오르는 자그마한 가게. 그 곳은 어떤 대학교 앞, 지하에 있는 주점이었다.

문을 열고 들어가면 가게 한 가운데에 커다랗고 네모난 오뎅 통이 김을 피우고 있었다. 그 시절부터 한창 유행하던, 사케와 오뎅을 파는 일식 선술집의 모습 그대로였다. 오뎅 통 뒤 카운터 쪽에는 포스 작렬하는 여 사장님이 앉아 계셨는데, 사장님이야말로 특별할 것 없는 그 가게에서 가장 특별한 존재였다.

사장님은 낮에 헬스클럽에서 회원들을 지도하는 강사였고, 밤이 되면 오뎅 바 여사장으로 변신하는 그런 분이었다. 어떤 게 주업이고 어떤 게 부업인지는 알 수도 없고 알 필요도 없었지만, 하여간 분명한 것은 사장님이 굉장히 부리부리 시원시원한 몸매의 소유자였으며, 몸매 못지않게 성격 또한 거칠 것 없이 시원시원하다는 사실이었다. 나는 근처에 살던 20년 지기 S와 함께 가끔 그 집을 찾았다. S는 오뎅을 좋아했으니까.

다시 한 번 말하지만 그 집에서 가장 내세울 수 있는 건 부리부리 시원시원한 사장님이었다. 그런데 사실 사장님을 빼면 그 가게엔 뭐 하나 제대로 된 것이 없다시피 했다. 예를 들면, 그 오뎅 통 말이다. 다른 오뎅 바에 가면 먹음직한 오뎅 꼬치들이 각자 자신의 가격을 나타내는 오색 꼬리표를 부착하고는 빽빽하게 꽂혀 있기 마련이었는데, 그 집의 오뎅 통은 언제나 그냥 빈 통이었다. 그저 맑은 물만 찰랑찰랑 담겨서 미지근한 김을 올리고 있었다.

"사장님, 오뎅은 어디 있어요?" 처음 갔던 날, 우리는 물었다.

"오뎅탕 주문하시면 주방에서 갖다 줍니다."

"그럼 이 통은 왜 있어요?"

"아, 그거? 그거는 그냥 추버서. 뜨시라꼬."

그 집은 안주 구성도 단출했다. 메뉴판도 따로 없었다. 나름 오뎅 전문점이라 오뎅탕 말고는 안주가 딱 두 개 더 있을 뿐이라고 했다. 그중 하나는 메로구이였다. 간장 양념이 짭조름한, 그러나 특별할 것은 하나도 없는, 어디에나 있는, 심지어 다른 집보다 두께도 얇은, 그런 메로구이. 오뎅탕 아니면 메로구이였다. 그러면 나머지 하나는?

"메로 오뎅 세트."

그래서 나와 S는, 오뎅 전문인데 오뎅은 주방에만 있고, 오뎅 전문이라 안주가 세 개밖에 없는 그 집에서 항상 메로 오뎅 세트를 시켜서는 간단하게 한두 잔의 술을 마시고는 헤어졌다. 따끈한 청주가 그런대로 잘 어울렸다. 우리는 메로 오뎅 세트를 그냥 메로뎅이라고 불렀다. 사장님, 따끈한 청주랑 메로뎅이요. 항상 그게 주문의 전부였다.

손님이 없는 날엔 사장님도 우리랑 같이 김이 모락 나는 오뎅 통을 난로처럼 끼고 앉아 술잔을 기울이곤 했다. 그래도 내심 오뎅 바 사장님이니까, 같이 따끈한 청주라도? 하시면 사장님은 냉장고에서 소주를 꺼내 탁! 내려놓으며 단호한 목소리로 이렇게 말했다.

"술은 차가워야 된다 아이가!"

오뎅 전문 일식 주점 사장님다운 말씀이었다.

사장님 말고 그 집에는 알바생이 한 명 있었는데, 중국인 유학생이었고, 한국말을 너무나 잘하는, 성격 무던한 처자였다. 사장님은 항상 그 친구를 성숙아, 성숙아아, 김성숙. 이래 부르셨다. 성숙아, 오뎅탕 한개. 성숙아아, 메로구이 한개. 설마 중국 사람인데 이름이 김성숙일까. 나는 그렇게 생각했다. 아마도 엄청 부르기 어려운 이름이라 사장님이 자기 맘대로 지어 불렀을 거야.

그런데 놀랍게도 재중동포도 아닌 순수 한족 여성인 그 알바생은 정말로 자기 이름이 김성숙이라고 그랬다. 한국말로 읽으면 그렇다는 거다. 아니, 중국에도 김씨가 있어요? 했더니 있단다. 있다는데 할 말은 없고.

"그럼 김해 김씨는 아니겠네."

우리는 웃으며 오뎅 한 조각을 먹었다.

서울 음식, 부산 음식

부산에서 나고 자란 내가 처음 서울에 왔을 때는 여러 가지가 낯설고 불편했는데, 그중에서도 음식 때문에 힘든 부분이 생각보다 많았다. 누구나 사람은 어릴 때 먹고 자란 음식을 가장 맛있다고 여기는 법. 그러므로 집을 멀리 떠난 사람에게 갑자기 주어지는 낯선 음식들은 때로 생활의 밑바닥을 흔드는 그 무엇처럼 느껴지기도 하는 것이다.

우선 서울 음식은 내 입에 너무 싱겁고 달았다. 짜디짠 부산 음식에 익숙해 있던 나는 그게 참말로 괴로웠다. 서울 사람들은 찌개나 전골을 상 위에서 끓여가며 먹다가 이제 바야흐로 국물이 졸아들어서 '먹을 만하다' 싶은 바로 그 시점에 물이나 육수를 더 부어서 맹탕을 만들어버렸다. 일찍이 조방낙지나 수중전골을 먹으며 시간이 지날수록 짜게 졸아든 국물을 한술 뜨고는 그 진한 맛에 몸서리를 치며 소주 한 잔 털어 넣는 것을 최고의 낙으로 삼던 내게는 참으로 견디기 힘든 맹맹함이었다. 게다가 무슨 음식을 먹든 간에 순간순간 느껴지는 단맛이라니.

그래도 그런 건 어차피 내가 적응해야 할 부분이었다. 그런데 이따금씩 매우 평범한 음식이 느닷없이 희한한 모습으로 나타날 때가 있었다. 아니 서울 사람들은 이걸 이렇게 먹나? 하는 그런 순간 말이다. 한마디로 전혀 생각지 못한 서울 음식과 부산 음식의 웃기는 차이점이 분명 존재했다. 그러니까 다음에 나오는 얘기들은 어디서나 보는 평범한 음식을 다르게 섭취하는 방법에 관한 것이다.

순대는 무엇에 찍어먹나?

이것은 너무나 잘 알려진 얘기다. 순대는 지역에 따라 찍어먹는 양념이 다 다르다. 순대 자체는 몇 가지 예외를 제외하고는 대체로 남한 전체가 당면 순대로 통일되어 있는 반면, 그것을 무엇에 찍어먹는지는 지역마다 다르다. 이게 또한 재미난 일이다.

알다시피 부산에서는 순대를 된장에 찍어먹는다. 그렇다

남포동 먹자골목의 순대와 비빔당면.
순대는 막장에 찍어먹는 게 최고다.
날양파를 곁들이면 더 맛있다.

©김성기

고 그냥 순수한 된장을 그대로 퍼서 쓰지는 않는다. 누군가
는 그것을 막장이라 부르고 누군가는 쌈장이라고도 주장하
는데, 하여간 순대를 찍어먹는 장은 된장에다 뭔가를 섞은
거다. 약간 달콤하고 밝은 색깔이며, 조금 묽은 편이다. 부산
에선 어디서나 순대를 시키면 이 순대장이 함께 나오고, 날
양파와 풋고추를 같이 내주는 집도 많다. 이렇게 먹으면 순대
와 내장의 냄새를 없애주는 효과도 있고, 된장의 풍미가 더
해져서 훨씬 맛있다. 특히 간을 먹을 때 진가를 발휘한다.

부산에서 대학교에 다니던 어느 날이었다. 도서관에서 밤
늦게까지 공부하고 집에 가는 길에 친구와 분식집에 갔다.
라면 두 개 순대 한 접시를 시켜서 먹는데, 커플로 보이는 남
녀가 뒤따라 들어와서 순대를 시켰다. 주인아주머니는 머뭇
거리며 말했다.

"우짜노, 순대는 있는데 장이 다 떨어짓네. 뭐 찍어 물 게
없다. 학생아, 서울에서는 순대를 소금에 찍어 묵는다 카던
데, 그거라도 주까?"

두 사람 중 남자친구가 바로 받았다.

"아줌마, 말이 되는 소리를 하이소. 순대를 우째 소금에 찍
어 묵는교. 안 묵고 말지. 고마 담에 오께요."

나는 요즘도 서울에서 순대를 사 먹을 때는 그날이 생각
난다. 맞다. 이 건건찝질한 소금에 어떻게 순대를 찍어먹나.

안 먹고 만다. 서울 태생인 아내도 부산에서 몇 년 살아 본 뒤로는 순대는 막장이라고 믿고 있다. 그러나 이 믿음은 서울 친구들 사이에서는 격렬한 논쟁을 불러일으킨다. 일반적인 서울 사람에게 순대를 소금이 아닌 다른 무엇에 찍어먹는 일은 그렇게 낯선 일인가보다.

잡채밥에서 느낀 문화충격

다시 말하지만, 서울 사람들이 순대를 소금에 찍어먹는다는 것을 나는 이미 알고 있었다. 그래서 정작 순대와 함께 나온 소금을 처음 봤을 때도 딱히 놀랄 일은 아니었다. 그런데 잡채밥은 정말로 나를 놀라게 했다. 전혀 예상치 못했던 일이며, 일종의 문화적 충격이었던 것이다.

세상에나, 서울 사람들은 중국집에서 먹는 잡채밥에 짜장을 얹지 않고 그냥 먹더라는 거다.

아니, 어떻게 잡채밥에 짜장 소스가 없을 수가 있단 말이다. 풍성한 잡채 위에 우아한 융단처럼 덮힌 짜장이야말로 자칫 밍밍해질 수 있는 잡채밥의 맛을 배가시킬 뿐 아니라, 제대로 된 중국음식을 먹는다는 희열을 선사하는 존재인 것을. 서울에서 마주한 잡채밥은 그냥 맨밥 위에 홀라당 맨살을 드러낸 잡채가 쓸쓸히 누워있는, 한 마디로 충격적인 비주얼이었던 것이다. 마침 그것은 서울에서 먹은 첫 번째 끼니였고, 나는 너무 놀라서 옆에 있던 서울 친구에게 도대체 짜장은 어디 있는 거냐고 물었다가 정말로 이상한 사람 취급을 당하기에 이른다. "짜장이라고? 잡채밥에 무슨 짜장?"

잡채밥이니까 잡채하고 밥을 섞어 먹으면 된다고 말하면 할 말은 없다. 그러나 내 생각엔 이건 진정한 잡채밥이 아니다. 비빔밥에 고추장을 빼고 먹는 거랑 비슷한 느낌이다. 따라서 나는 서울에서 내 돈 주고 잡채밥을 주문하지는 않는다. 때로 짜장을 따로 달라고 해서 먹어보기도 하는데, 서울 잡채밥은 이미 잡채에 너무 많은 간이 되어 있으므로 짜장까지 덮으면 너무 짜서 먹을 수 없는 경우도 있다.

재미있는 것은, 서울의 볶음밥에는 또 예외 없이 짜장 소스가 같이 나온다는 점이다. 옛날 부산의 중국집에서는 내가 기억하는 한, 볶음밥에 짜장을 얹어주는 집보다 그러지 않는 집이 더 많았다.

간짜장에 계란이 없네

의외로 전국이 똑같을 것 같은 중국음식에서 디테일한 차이를 보이는 경우가 있었는데, 잡채밥과 함께 또 묘한 느낌을 갖게 한 것은 서울에서 먹는 간짜장이었다. 그렇다. 서울의 중국집에서 먹는 간짜장에는 계란 프라이가 빠져 있다.

원래 간짜장은 짜장과 야채, 고기를 같이 볶아서 만든 것으로, 볶은 재료에 전분물을 넣고 끓여낸 일반 짜장과는 조리법에서 차이를 보인다. 그러므로 계란 프라이가 올라가든 그렇지 않든 상관은 없는 것이나, 어린 시절 모름지기 간짜장이란 것은 계란 프라이가 올라가 있는 짜장이라고 믿고 있었고, 계란 먹는 재미로 간짜장을 굳이 주문했던 내 입장에서 볼 때에 계란은 물론 메추리알 하나 올라가 있지 않은 맨숭맨숭한 간짜장이야말로 참으로 매력 없는 음식인 것이다. 그래서 나는 아쉬운대로 짜장라면을 끓일 때는 반드시 계란을 함께 부친다. 그 옛날 간짜장 생각이 나서 그런다.

수술 후 회복음식

부산에서 대학 다니던 때, 어머니가 자그마한 종양을 제거하는 수술을 받으셨다. 다행히 위험하거나 한 것은 아니었고, 그냥 단순한 물혹이었다. 수술은 잘 되었다.

방학을 맞은 내가 며칠 간병을 했다. 큰 병환이 아니어서 딱히 할 일은 없었으나 그래도 옆에 앉아서 찾아오는 병문안 손님들을 맞이하는 일을 했다.

손님들은 수술하신 어머니를 위해 다양한 선물을 갖고 왔다. 주로 음료수, 과일 같은 것들이었지만 특이하게도 싱싱한 활어회를 사 오시는 분들이 더러 있었다. 그 분들은 하나같이 말씀하셨다.

"수술한 다음에는 회를 먹는 기라예. 그래야 잘 아물고."

나는 그런 말을 처음 들었다. 정말 신기했다. 그리고 고마웠다. 어머니는 손님들의 정성어린 회를 몇 점 드시고는 거의 대부분을 나에게 밀어주셨다. 나는 평소 학생 신분으로는 먹기 힘든 싱싱한 광어회를 그 때 병원에서 참으로 포식했다.

그리고는 서울에서 직장생활을 할 때, 누군가 수술을 하셨다는 소식을 들었다. 옛날 일을 떠올린 내가 어, 그럼 회를 좀 사 가야겠네 했더니, 그게 또 많은 사람을 놀라게 만든 모양이었다. "아니, 무슨 환자가 회를 먹어?"라며 다들 난리다. 아아, 여긴 또 그게 아니었나보네. 그럼 회복식으로 뭘 드시나 했더니 몇몇 분들은 또 이렇게 말씀하신다.

"수술하신 분들, 보신탕을 드시면 좋다구 그러던데?"

아니 보신탕이라니, 개고기란 말인가. 이 무슨 독특한 경우인가. 그거 못 드시는 분들도 많을 텐데 그런 분들은 뭘 드시라고.

그러니까, 내 생각은 이렇다. 수술을 하신 분들이 상처도 잘 아물고 몸도 잘 회복하려면 단백질을 섭취하는 게 좋을 것이다. 사람들은 그런 뜻에서 자신이 구할 수 있는 가장 양질의 단백질 음식을 찾아보게 되는데, 이게 또 지역마다 누구는 회고, 누구는 개고기라, 뭐 그런 게 아닐까 싶다.

물론, 수술 받을 일이 없는 게 가장 좋다. 그건 서울이나 부산이나 똑같다.

설렁탕과 곰탕

이것이야말로 부산 사람들의 무지에서 비롯된 차이라고밖에 할 말이 없다. 무슨 소리냐 하면, 기본적으로 부산 사람들은 설렁탕과 곰탕이 어떻게 다른 음식인지 잘 모른다. 시내 한복판에서 오랜 역사를 자랑하는 부산의 대표적인 설렁탕집에 가 보면, 메뉴판에 설렁탕과 곰탕이 같이 적혀 있다. 그 차이란 건 별 게 아니다. 똑같이 소뼈와 살코기를 함께 우린 뽀얀 국물을 쓰는데, 국수가 들어가 있으면 설렁탕이고 국수 없이 그냥 나오거나 계란 노른자가 하나 들어가 있으면 그건 곰탕이다. 이거 서울 사람들이 들으면 놀라 자빠질 일이다. 이 집뿐만 아니라 동네에서 발견되는 흔한 설렁탕집들이 대체로 다 이런 식이다.

엄연히 곰탕과 설렁탕은 다른 음식이다. 서울의 유서 깊은 곰탕집에 가보면 그 사실을 알 수 있다. 순 살코기와 내장만으로 고아서 낸 맑고 고소한 국물. 그게 바로 곰탕 국물이다. 반면 설렁탕은 고기와 뼈를 함께 고아 뽀얀 빛을 띤다. 물론 곰탕이라는 음식의 폭이 매우 넓어서 어떤 지역의 곰탕에는 뼈를 사용해서 국물을 내는 것도 사실이다. 그러나 최소한 설렁탕집에서 곰탕을 같이 파는 경우는 없다. 곰탕집에서 설렁탕을 파는 일도 거의 없고, 둘은 매우 다른 음식인 거다.

그런데 부산 사람들은 그 둘을 비슷하게 친다. 국수를 넣었나 말았나로 구분해 가며.

하긴 부산의 주력은 돼지국밥이다. 설렁탕이나 곰탕은 거들 뿐이다.

"역시 설렁탕은 서울 음식이야."

어떤 소설에도 나오는 대목이다.

해장국집 이야기

부산 근무를 마치고 서울에 올라와서 얼마 되지 않았을 때 일이다. 점심 때 일이 있어 낙원상가에 갔다. 밥은 먹고 들어가야겠기에 간단히 끼니를 해결할 곳을 찾는 내 눈에 허름한 식당 하나가 들어왔다. 한눈에 봐도 지나온 세월이 느껴지는 낡은 2층 건물에는 "소문난 추어탕"이라고 쓰인 허름한 간판이 걸려 있었다. 간판에는 이제 더 이상 생산되지 않는 옛날 조미료 상표가 옛 영광을 기억하듯, 함께 그려져 있었다. 그러고보니 이 집은 막걸리 한 잔 하느라 종로 3가 쪽을 기웃거릴 때 본 기억이 있는 집이었다. 호기심이 생겼다. 과연 소문난 추어탕의 맛은 어떤 것일지. 저리도 오래된 조미료 상표를 그대로 간판에 붙여놓을 정도면 엄청난 내공의 노포가 아닐까 하는 기대였다. 살짝 머뭇거림도 잠시,

안으로 들어갔다.

소문이 났다는 그 추어탕은 정작 팔지를 않았다. 그 어둡고 오래된 가게의 메뉴는 단 한 가지. 우거지를 넣고 끓인 해장국이 있을 뿐이었다. 가격은 2000원. 믿을 수 없는 싼 값이었다. 그러나 정작 놀라운 것은 싼 밥값이 아니라 식당을 채우고 있던 손님들이었다.

나는 그 밥집에서 의심할 여지없이 제일 어렸다. '젊은 손님'이란 말이 사치로 느껴질 정도로 그냥 나는 어린애였다. 연세를 짐작하기도 어려운 어르신 열 댓 분이 저마다 둥근 테이블에 너나없이 섞어 앉아 있었다. 그나마 여유가 있는 테이블을 찾아 앉는데, 내 등 뒤를 따라온 음식이 바로 앞에 놓였다. 전 세계 어느 식당에도 없는 초스피드 패스트푸드라고나 할까.

두부 몇 조각과 우거지가 들어간 뚝배기, 공기밥 한 그릇, 허여멀건한 깍두기 한 접시가 전부인 상을 받고 국물을 한 술 떴다. 그 옛날, 훈련소 입소 첫날 먹었던 '배추두부찌개'를 연상시키는 건건찝질한 맛이었다. 고춧가루보다 사카린을 더 많이 넣은 것 같은 깍두기도 그저 달큰할 뿐, 맛있는 김치와는 거리가 멀었다. 다만 거기서 먹음직스러운 건 오직 밥 그 자체였다. 하얀 쌀밥만큼은 금방 한 것처럼 기름졌다. 낡은 건물, 멀건 국물, 말없이 그걸 먹고 있는 연로한 손님들 사이

타임머신을 타고 멀지 않은 미래의 나를 미리 보고 온 느낌이었다.
간판은 추어탕집이지만 추어탕은 없다.

에서 하얀 쌀밥의 존재감은 이질적이라고 해도 좋을 만큼 빛나는 것이었다.

묵묵히 밥을 먹던 내 앞자리에 어르신 한 분이 비틀거리며 앉았다. 역시 음식은 어르신 등 뒤를 따라와 놓였다. 어르신은 수저를 들다 말고는 들릴락말락한 목소리로 "여기 깍두기 말고 다른 김치는 없어요?" 했다. 2000원짜리를 드시면서 어인 까탈이실까 하던 생각은 어르신의 다음 말씀에 사라졌다.

"내가 이빨이 없어서 이걸 못 씹어…"

아줌마는 말없이 밥공기 하나를 내려놨다. 거기엔 깍두기 국물이 가득 담겨 있었다. 어르신은 아무 불평 없이 깍두기 국물을 한 모금 드시고는 천천히 밥술을 움직였다.

2000원을 돈 통에 넣고 거리로 나섰다. 많은 사람이 바삐 움직이고 있었다. 마치 그런 식당은 이 세상에 존재하지도 않는다는 듯한 발걸음이었다. 나는 방금 빠져나온 낡은 건물을 다시 돌아봤다.

내가 모르는 세상이었다.

언젠가는 비집고 들어가야 할 자리에 나는 너무 일찍 앉아 있었던 것일까.

그래도 그렇게 나쁜 기분은 아니었다.

쌀밥에 윤기가 흘러서 그랬을 거라고, 나는 지금도 생각한다.

제3장

부산하면
롯데

번데기 야구단

'고인돌' 시리즈로 유명한 만화가 박수동 화백의 수많은 역작 중에는 『번데기 야구단』이라는 만화가 있다. 1970년대 말 『소년중앙』 잡지에 연재되어 수많은 어린이의 인기를 끌었던 이 만화의 애독자 중에는 나도 포함되어 있었다. 나는 이 만화를 통해 야구라는 경기와 첫 인사를 나눈 셈이 된다. 야구 룰을 다 이해하기에는 너무 어렸던 나였지만, 투수 '뺀'을 비롯하여 '물꽁' '버들피리' '오인분' '왈가닥' '먹물' 등등 정감어린 캐릭터들이 운동장을 뛰고 구르는 스토리가 너무 재미있어서 여러 번 되풀이해서 읽었던 기억이 생생하다. 나는 그중에서도 1루수를 보던 '장대'를 제일 좋아했는데, 키만 멀대 같이 크고 별다른 특징이 없어 보이지만 '뚝 떨어지는 커브'를 즐겨 받아쳐 홈런을 만드는, 매력 있는 캐릭터였다.

이 야구 만화는 지금 곱씹어봐도 좋은 몇 가지 의미가 있다.

첫째, 번데기 야구단은 당시로서는 특이하게도 학교에 소속된 팀이 아니라 동네에서 자발적으로 결성된 리틀 야구단이었다. '삔'의 아버지가 월급을 털어서 만들었고, 동네 복덕방 영감님인 '복할배'가 감독을 맡았다. 아이들은 야구가 좋아서 모였고, 누구보다 열심히 야구를 하지만, 야구하느라 수업을 빼먹는 일은 없다. 요즘 학원 스포츠에서는 볼 수 없는 순수 아마추어리즘을 구현하고 있는 거다.

둘째, 당시 다른 스포츠 만화들이 탁월한 능력을 지닌 주인공을 중심으로 스토리를 풀어간 반면, 번데기 야구단에는 그렇게 뛰어난 괴물 플레이어는 존재하지 않았다. 주인공인 '삔'은 야구를 꽤 잘한다. 그러나 무슨 마구를 지닌 엄청난 투수는 아니다. 그저 팀의 일원이며, 학교에서는 수줍고 말수적은 평범한 학생이다. 번데기 야구단의 승리는 한 선수의 능력 때문이 아니라 각자 고유한 개성을 지닌 멤버들의 협동을 통해 이루어진다. 비록 미숙하고 실수하기도 하지만, 서로 도와 이겨내는 과정을 소중히 하는 만화였다.

셋째, 작가는 경기에서의 승리보다도 더 중요한 가치가 있다는 메시지를 전달하고 싶었던 것 같다. 이를테면 어떤 선수가 감독의 번트 사인을 무시하고 홈런을 쳐서 이겼을 때, 선수들은 좋아하지만 감독은 불같이 화를 내고, 홈런 친 선수를 마중 나가지 못하게 한다. 규율을 지키는 것이 더 중요하다는 메시지다.

작가의 그런 생각은 마지막에 번데기 야구단이 해체되는 순간, 감독 복할배의 한마디에서도 잘 드러난다. 잘 기억은 나지 않지만, "투수가 아무리 잘 던져도 수비가 실수하면 질 수도 있고, 투수 컨디션이 나빠 잘 못 던지더라도 다른 선수들이 도와주면 이길 수 있다"는 내용이었다. 어쩌면 박수동 화백은 스포츠가 아이들의 성장에 어떤 역할을 해야 하는지를 누구보다 잘 이해하고 있는 작가가 아니었나 싶기도 하다.

많은 사람이 기억하는 번데기 야구단의 명장면은 우승한 선수들을 번데기 장수들이 리어카에 싣고 카퍼레이드를 하는 장면일 것이다. 그 소박한 행렬을 보면서 연도의 시민들은 얘기한다. "내 평생 이렇게 감동적인 카퍼레이드는 처음이다."

나 또한 그러했다. 소박하고 건전하면서도 기발하고 웃기는 만화 『번데기 야구단』. 이 만화를 보면서 나는 미래의 본격적인 '아빠'가 되는 길을 준비하고 있었던 것이다.

어린 시절 그 야구팀

내가 다닌 초등학교(당시는 '국민'학교였다)에는 괜찮은 실력의 야구팀이 있었다. 우리나라 야구계를 빛낸 많은 선수가 우리 학교에서 기초를 배워갔다. 나는 아직 어리기도 했고, 어리지 않았어도 극악한 운동신경의 소유자였으므로, 친구들끼리 테니스공으로 장난하는 거 말고는 직접 야구를 해볼 생각은 하지 않았다. 그저 야구부 형들이 하얀 유니폼 입고 날카로운 소리를 내는 알루미늄 배트로 공을 캉캉 때리는 걸 구경하는 게 전부였다. 번데기 야구단에서 보던 플레이가 저거였구나 하면서.

그러던 어느 날이었다. 방학이었고, 친구들과 학교 운동장에 놀러갔는데, 낯선 유니폼을 입은 선수들이 와서는 우리 학교 야구팀과 연습게임을 하고 있었다. 그들의 가슴팍에는

'서울 화곡'이라고 씌어 있었다.

우리는 즉시 운동장 옆 등나무 벤치에 앉아 경기를 관람했다. 정식 유니폼을 입은 두 팀의 경기를 직접 본 것은 그때가 처음이었다. 경기 내용은 하나도 생각나지 않지만 지금까지 생각나는 건 화곡초등학교 학생들의 하얀 유니폼이었다. 우리 학교 유니폼이 약간 누런 베이지 계통이었던 데 비해 서울 아이들의 유니폼은 순백색이었고, 초록색 라인이 들어가 있었다. 나는 넋을 잃고 두 팀의 경기를 지켜보았다.

그때, 내 앞으로 공이 굴러왔다. 공을 주워서 주변을 돌아보니 약 10미터 앞에 화곡초등학교 선수 하나가 눈에 들어왔다. 후보여서 그라운드 바깥에 있던 그 선수는 딴 데를 쳐다보고 있었지만, 내가 던지면 받을 것 같았다.

나는 "여기, 공" 하면서 던졌다. 공은 쓸데없이 세게 날아가더니 그 선수의 옆구리에 꽂혔다. 나보다 훨씬 컸던 야구선수는 무서운 눈으로 나를 째려봤다. 나와 친구들은 그 길로 뒤도 돌아보지 않고 도망갔다.

공 간다고 분명히 얘기했잖아. 니도 들었제. 맞다. 분명히 말했다. 쳇, 그것도 못 받나. 그래갖고 무슨 야구선수고.

한참 뒤에야 숨을 고르며 우리는 한마디씩 했다.

그날로부터 15년이란 시간이 흐른 어느 날이었다. 나는 서울에서 살고 있었고, 신촌에서 3년간의 하숙을 마친 후 자취

방을 구하고 있었다. 신촌은 아무래도 방값이 비쌌다. 형편에 맞는 방을 찾느라 아현동으로 합정으로 영역을 넓혀 나가는데, 조건에 맞는 방이 없었다. 그때 알고 지내던 후배 하나가 이렇게 말했다.

"선배, 그러지 말고 조금만 멀리 나가봐요. 화곡동이 괜찮다던데?"

순간, 나는 초등학교 때 처음 봤던 그 새하얀 유니폼을 떠올렸다. 그래, 서울에는 화곡동이 있었지.

뭔지 모를 힘에 이끌려 나는 난생 처음 화곡동을 찾았고, 역시 난생 처음 보는 산중턱에 있는 난생 처음 보는 원룸을 딱 한 번 보고는 바로 전세 계약을 해버리고 말았다. 뭐에 홀린 느낌이었다.

이사를 하고 동네 구경을 하느라 한 바퀴 돌아보는데, 화곡초등학교가 눈에 들어왔다. 아아, 저기였구나. 정말 있는 학교였어. 야구팀은 아직 있을까. 나는 떨리는 마음으로 교문을 들어섰다.

운동장에는 야구부 학생들이 연습을 하고 있었다. 그 옛날 보았던 초록색 줄무늬의 하얀 유니폼은 아니었지만 분명 그들이었다.

나는 운동장 구석에 한참을 서서 아이들이 연습하는 장면을 지켜보았다.

첫 경기, 첫 홈런

4학년이 되면서 나의 야구 사랑은 날이 갈수록 구체적인 형태를 띠기 시작했다. 이제 야구 룰은 완벽히 숙지했다. 텔레비전에서 야구 중계를 하면 제법 진지하게 빠져들었다. 슬슬 제대로 된 게임을 내 눈으로 한번 보고 싶었다. 마침, 'J 형님'이 인사차 집에 놀러왔다.

'J 형님'은 돌아가신 아버지의 제자였고, 당시 아버지가 담당했던 학급의 반장을 맡았던 학생이었다. 그 이후로 지금까지 나를 잊지 않고 챙겨주시는 고마운 분이다. 사실 형이라고 부르기에는 나이 차이가 많이 나는 편이었지만, 나는 어릴 때부터 '형님'이라고 불렀다. 어린 시절 형님은 가끔 과자 상자 같은 걸 들고 우리집에 놀러오곤 했다. 형님뿐 아니라 당시 아버지의 제자들은 40년이 지난 지금까지도 내게 연락을 주신다.

대학을 갓 나와 회사에 다니던 형님은 예나 지금이나 싸나이다운 성격이었다. 어린 내게는 조금 무섭게 느껴질 정도였다. 특유의 우렁우렁한 목소리로 "어, 마이 컸네? 잘 지내나?" 하시던 형님에게 나는 용기를 내어, 야구를 보고 싶다고, 조심스럽게 얘기했다. 매사 화끈했던 형님은 바로 날을 잡았다. 당시 부산 유일의 공식 야구장이던 구덕야구장에서 벌어지는 한·일 실업야구 올스타전을 보러 가기로 한 것이다. 처음 보는 공식 경기가 무려 국제경기라니. 거기다가 텔레비전에서나 보던 국가대표 스타들을 볼 수 있다니. 나는 무진장 설레기 시작했다.

화끈한 형님은 나를 위해 무려 특석을 예매했다. 포수 바로 뒤편의 본부석이었다. 본 경기에 앞서서 구덕야구장 인근에 위치한 두 고등학교가 오픈 게임을 벌이고 있었다. 두 학교는 이름 앞부분은 같았으나, 한 학교는 인문계였고, 한 학교는 실업계였다. 그로부터 7년 후, 나는 둘 중 한 학교에 입학하고 구덕운동장 야구장은 그냥 내게 제2의 학교가 된다. 그때는 짐작도 못할 일이었다.

한국과 일본의 경기는 소강상태였다. 0대 0으로 한참이 지났다. 투수전이라 경기 진행이 무척 빨랐다. 나는 처음 보는 정식 야구 게임이 너무나 재미있었고, 경기장의 분위기가 엄청나게 신기했다. 승부와 관계없이 빨리빨리 지나가는 한 회 한 회가 그저 아쉬울 따름이었다. 아아, 벌써 5회네, 아니 그새 6회네, 하면서 나는 조바심을 쳤다.

그때였다.

한국을 대표하는 거포 김봉연 선수가 홈런을 친 것은.

내 눈으로 직접 본 첫 홈런이었다. 담장을 넘어가던 하얀 공. 늘 있는 일이라는 듯 시크하게 다이아몬드를 돌던 김봉연 선수. 자리를 박차고 일어나 열광하던 관중들.

비록 그 직후 일본도 한 점을 냈고, 또 한 번 한국 선수가 친 공이 담장 바로 앞에서 잡히는 바람에 경기는 1대 1 무승부로 끝났지만, 내겐 그 홈런 하나로 충분했다. 야구팬이라는 운명의 불도장을 가슴 속에 찍던 순간이었다.

한 야구 기자는 훗날 칼럼을 통해 야구도 사랑과 같은 것이어서 운명의 첫 걸음이라는 게 있다고 했다. 우연히 본 홈런 한 방, 삼진 하나가 평생의 팬을 만든다고. 나 또한 그러했다. 아마도 그 모든 것은 미리 다 정해져 있었던 건지도 모르겠다. 그리고 그 시작은 김봉연 선수가 친 공이 구덕야구장 좌측 담장을 넘어가던 바로 그 순간이었다고, 나는 지금도 굳게 믿고 있다.

롯데 자이언츠, 그 운명의 이름

초등학교 5학년이었던 1982년, 무려 '정의사회 구현'에 밤낮없이 주력하시던 우리 대통령께서는, 그것만으로는 좀 부족했는지 '어린이에게 꿈을' 주겠다며 느닷없이 프로야구를 만들어주셨다. 그와 동시에 롯데 자이언츠라는 야구팀이 내 인생에 헤드 퍼스트 슬라이딩으로 진입해 왔다. 나는 아무 저항 없이 롯데라는 팀에 내 모든 것을 맡겼다.

생각해보면 내가 롯데 팬이 된 것은 당시 정부가 세웠던 모든 플랜에 철저히 순응했던 결과였지만, 그 당시 팬들이 무조건 자기 동네 팀 깃발 아래 모이는 것은 타자가 타격을 하고 1루로 뛰어가는 것만큼이나 자연스러운 일이었다. 선수들도 거의 전부 그 지역 출신들로만 구성되었으니 더 말해 뭐할까. 어쨌거나 그때는 1980년대였고, 나는 그 모든 것을 다

이해하기엔 너무나 어렸다.

비록 내 가슴 속 첫 홈런의 주인공 김봉연 선수가 졸지에 적군이 되어버리는 부작용이 있긴 했지만, 나는 그 정도는 대의를 위해 눈감아주기로 했다. 어디까지나 나는 롯데의 자랑스러운 어린이 회원이었으니까. 그 촌스런 하늘색 유니폼은 왜 그리 멋있게 보였는지. 학교에 가보면 그 유니폼하고 비슷하게 생긴 하늘색 반팔티를 입은 아이들이 한반에 몇 명씩은 꼭 있었다. 바야흐로 프로야구 키드의 탄생이었다.

야구팬이라면 다 알다시피 한국 프로야구 공식 개막전은 이종도의 만루 홈런으로 화려하게 시작됐다. 객관적 전력상 열세처럼 보였던 MBC 청룡은 삼성 라이온즈에게 짜릿한 역전승을 거뒀다. 그 다음날, 롯데도 역사적인 첫 경기를 치렀다. 구덕야구장에서 벌어진 경기에서 롯데 자이언츠는 해태 타이거즈를 맞아 열 넉 점을 뽑아 가며 원사이드하게 이겨버림으로써 우리 부산 어린이들의 기대를 한껏 부풀려놓았다. 아하, 이거 너무 약해서 원. 프로야구 별 거 아니구만. 기껏 한 경기를 했을 뿐이지만 너무나 순진했던 나는 이것이 롯데라는 팀의 원래 실력이라고 생각했다. 하긴 롯데는 일찍부터 실업야구 최강팀이었고, 급조된 다른 구단하고는 엄연히 다른 팀이었으니까. 이만수 등 국가대표들이 많이 포진한 삼성 정도가 적수가 되려나 싶었다.

그러나 나는 몰랐다. 미국에서 야구를 하다 온 OB의 박철순이 어떤 선수였는지, MBC의 감독 겸 선수 백인천의 레벨이 어느 정도였는지, 해태의 김성한은 어쩜 그렇게 공도 잘 던지면서 타격도 잘 할 수 있는지, 나는 정말 하나도 몰랐다.

거기 비하면 롯데의 에이스라던 노상수, 천창호는 아무래도 좀 약했고, 김용희와 김용철이 주축이던 타격은 괜찮은 편이었으나 기복이 있었다. 한 게임 지고 두 게임 패하기 시작하더니 결국 첫 시즌이 끝났을 때, 롯데의 자리는 6개 팀 중 5위였다. 우리 팀 밑에는 그 유명한 역대 최저 승률의 삼미슈퍼스타즈만 있을 뿐이었다.(아, 그때 알았어야 했다. 롯데의 자리는 앞으로도 대략 그 언저리일 거란 사실을!)

그래도 나는 좋았다. 모든 게 신기했다. 내 방에는 김용희 선수의 컬러 사진이 붙어 있었고, 다 합쳐 스무 명 남짓한 롯데 선수들 얼굴이 나란히 인쇄된 책받침은 애장품 1호였다. 어쩌다 방송되는 롯데 경기 중계는 빼놓지 않고 찾아보면서 나는 어느새 열혈 팬이 되어 있었다. 바야흐로 그 모든 것이 시작되고 있었던 것이다. 롯데 팬이란 쓰라리고 한 맺힌 이름의 흑역사도.

35년이 지난 오늘도 나는 가끔 생각한다. 그러니까, '정의 사회'를 만드는 데는 끝내 성공하지 못했던 그 분이 '어린이에게 꿈을' 주긴 주었던 것일까. 아니면 그런 꿈 따위는 어차피 존재하지 않았던 것이며, 나는 그저 그분의 원대한 계획에 발맞춰 걸어갔던 것일까. 나는 아직 그 해답을 풀지 못해 오늘도 신문지를 찢어 흔들며 '부산갈매기'를 목놓아 부르고 있는 것인지도 모르겠다.

나의 영웅 최동원

롯데자이언츠의 영원한 에이스, 불세출의 야구 영웅, 한국 야구의 레전드, 금테 안경의 마술사… 최동원을 수식하는 말은 너무도 많다. 당연히 나의 어린 시절 최고의 영웅도 최동원이었다. 크지 않은 체구였으나 운동장 전체를 압도하는 카리스마가 있었고, 누구도 흉내내지 못하는 다이내믹한 투구 폼을 갖고 있었다. 역동적인 와인드업에서 뿜어져 나오는 불꽃같은 강속구와 폭포수 같은 변화구가 포수 미트에 꽂히면 상대 타자들은 힘 한 번 쓰지 못하고 떨어져 나갔다.

잘 알려졌다시피 최동원은 칠 테면 쳐보라는 식의 배짱 투구로 유명했다. 내가 그의 배짱을 처음 목격한 것은 아마추어 시절, 한국과 일본의 경기였다. 선발투수로 나섰던 최동원은 경기가 시작되자마자 일본의 1, 2, 3번 타자에게 연속으로 홈런을 맞았다. 텔레비전으로 지켜보던 나는 어이가 없었다. 순식간에 아웃 카운트 하나 못 잡고 3대 0이 된 것도 기가 찼지만, 더 이상했던 건 최동원의 투구였다. 그는 계속 홈런을 맞으면서도 절대로 피해가지 않았던 거다. 줄기차게 빠른 공을 던졌고, 그날따라 일본 타자들은 잘도 그걸 받아쳤다. 결국 그는 마운드를 물러났다. 구원 등판한 이선희와 타자들의 대활약에 힘입어 우리나라는 6대 3으로 역전승했지만, 얻어맞으면서도 무모할 정도로 돌파하던 최동원의 투지가 내게는 더 인상적인 경기였다.

최동원이 롯데에 입단했을 때, 이제 나는 롯데를 이길 팀은 없다고 생각했다. 그러나 그건 어디까지나 내 생각이었고, 처음에는 최동원도 호된 적응기를 거쳤다. 그도 그럴 것이, 최동원은 이미 아마추어에서 엄청난 혹사를 겪은 뒤였기 때문이었다. 입단 첫 해인 1983년 어느 날, 내가 구덕야구장에 삼미슈퍼스타즈와의 경기를 보러갔을 때, 마운드를 지키던 그는 무척 피곤해 보였다. 고비를 넘기지 못하고 적시타를 허용했다. 반면 롯데 타자들은 장명부의 공을 치지 못했다.

그러나 최동원은 1984년 완벽하게 부활했고, 결국 롯데에 첫 번째 우승을 선물했다. 한국시리즈 4승이라는 전무후무한 기록. "동원아, 여기까지 왔는데 우짜겠노" 하는 감독에게 "마, 한 번 해보입시다" 하고 나섰던 그였다. 내 35년 롯데 팬 역사에 길이 남을 한 장면은 유두열의 역전 3점 홈런포가 잠실야구장 좌측 담장을 새카맣게 넘기던 그 순간과, 뒤이어 닥친 위기를 무사히 넘긴 최동원이 포수 한문연과 하이파이브를 나누던 바로 그 장면이었다.

최동원은 문자 그대로 만화에나 나올법한 에이스였다. 당시 우리나라 야구는 투수의 역할분담이나 투구수 조절 같은 개념은 존재하지도 않았다. 그저 에이스라면 한 경기를 끝까지 책임져야 했다. 설까치가 6회까지만 던지고 내려오는 걸 본 적이 있는가. 아니면 독고탁이 어제 던졌다고 오늘은 쉬었던가. 최동원은 그런 존재였다. 선발로 던지다가 다음날엔 구원으로도 나왔다. 묵묵히, 몸이 부서져라 던졌고, 후회하지 않았다.

결국 그리 오래 선수생활을 이어가지는 못했다. 1988년 삼성과의 트레이드는 그야말로 큰 충격이었다. 선수협회를 만드는데 앞장서다가 미운털이 박혔다고 했다. 이제 전성기를 지난 왕년의 에이스가 왜 그런 궂은일에 나서야 했을까. 그러나 그게 최동원이었다. 옳다고 생각되는 일에는 몸을 던지는. 그저 야구만 잘 하는 이기적인 스타가 아니었다. 내가 대학에 들어갔을 무렵, 삼성 유니폼을 입고 밋밋한 공을 던지는 최동원의 모습을 봤다. 몸이 제법 불어 있었다. 몰락한 황제의 마지막 모습 같아서 나는 슬펐지만, 최동원은 여전히 즐거워 보였다. 다이내믹한 폼만은 그대로였다.

최동원이 아프다고 그랬다. 암이라는 소문이 돌았다. 한화 2군 감독 자리도 그만둔 걸로 보아 병세가 위중해 보였다. 그런데 또 한편으로는 건강을 회복중이라는 소문도 들렸다. 정작 본인의 얘기는 들을 수 없어서 답답했다. 이런 저런 이유로 야구판을 떠나 있다가 지도자로 복귀했던 그였다. 언젠가 그가 롯데 감독을 하는 모습을 그려보던 나였기에 궁금증은 더 커져 갔다.

얼마 후, 그는 '레전드 리매치'라는 행사에 모교 유니폼을 입고 나타났다. 최동원 이름 석 자를 처음으로 야구팬 뇌리에 각인한 바로 그 하얀 경남고 유니폼이었다.

나는 큰 충격을 받았다. 누가 봐도 병색이 완연한 모습이었다. 야윈 얼굴은 푸석푸석했고, 복수가 가득 차 보이는 배는 부풀어 올라 깡마른 몸과 대조를 이루고 있었다. 인터뷰에서 그는 "다이어트를 너무 심하게 해서 그렇다"며 결코 아프다는 얘기를 하지 않았다. 언젠가는 현장에 돌아가겠다며 최동원은 웃고 있었다.

그것이 마지막이었다. 그는 팬들 곁으로 돌아오지 못했다.

내 소년시절의 영웅은 그렇게 떠났다.

항상 정면승부를 즐기던 그다운 모습이었다.

그 여름, 구덕야구장

고등학교에 진학했을 때, 나는 뭔가 여러 가지로 불편했다. 앞선 글에서도 말했지만 대신동 지역은 전혀 연고가 없는 곳이었다. 중3 때 사하구 쪽에 잠시 살았던 탓에 배정을 그 동네로 받았지만, 고등학교 생활이 시작되기도 전에 우리집은 다시 좌천동 매축지로 이사를 간 상태였다. 낯선 동네, 낯선 학교, 낯선 친구들이었다. 그러나 낯설지 않은 것이 한 가지 있었으니, 그것은 야구부였다. 내가 어린 시절 처음으로 봤던 한·일 실업선발전. 바로 그 경기의 오프닝을 장식했던 고교팀끼리의 대항전. 그 두 학교 중 한 학교에 내가 시방 입학을 하려던 참이었던 거다.

입학하자마자 우리는 운동장에 모여서 동문 출신 선생님의 주도 하에 야구 응원을 배웠다. 그리고 며칠 뒤, 우리는 구덕야구장에 단체 응원을 갔다. 지역의 영원한 라이벌 B고교와의 그해 첫 경기였다. 우리는 승리했다. 그날 이후 나는 잠시 프로야구 롯데 자이언츠를 접어두고는, 우리 학교 야구팀을 열정적으로 응원하기 시작했다. 나는 고교시절 3년 동안 롯데가 어떤 성적을 올렸으며, 어떤 경기를 했는지 전혀 기억하지 못한다. 오로지 나는 울 학교 팬이었으며, 하필 학교 근처에 있던 구덕야구장은 나의 또 다른 학교가 되었다.

우리의 목표는 무엇이었냐면, 전국대회 우승이었다. 우리 학교는 전력이 막강했고 여러 번 전국을 제패하기도 했으나, 이상하게도 나의 재학 시절에는 우승을 못하고 있었다. 1학년 때는 준우승만 두 번 하더니, 그 이후로는 4강이 최고 성적이었다.

우리는 애가 탔다. 전국대회 결승에 오르면 서울에 단체 응원을 갈 수 있었다. 동대문 운동장을 한번 밟아 보는 것, 그리고 끝내 승리하여 서울 하늘 아래에서 감격에 겨워 교가를 한 번 불러보는 게 소원이었는데, 그게 그렇게 어려웠던 거다. 그러던 어느 대회였나. 우리 학교는 4강에 진출했다. 학교 측은 정규 수업을 중단하고 각 반마다 연결된 스피커를 통해 라디오 야구중계를 틀어줬다. 동창회는 동창회대로 비상체제에 돌입하여 다음날 재학생들이 타고 갈 관광버스를 섭외하기 시작했다. 오늘 이기면 내일 서울 가는 거였다. 우리는 숨죽인 채 라디오에 집중했다. 그 당시 교실에 텔레비전은 없었으니까. 그때, 갑자기 한 친구가 벌떡 일어나 밖으로 나가더니 이내 텔레비전을 갖고 나타났다. 집이 바로 학교 옆인 친구였다. 우리는 뒤집어졌다. 그날 오후, 학교는 글 읽는 소리 대신 응원가 소리가 높았으나, 결과는 쓰라린 패배였다. 선생님들은 쓰러진 아이들 일으켜 세워 남은 시간 수업을 하느라 힘드셨다.

그리고 3학년 여름방학이 되었다. 대학입시를 준비하던 수험생에게는 매우 중요한 시기였다. 이때를 놓치면 끝장이었다. 날씨는 더웠으나 집중해야 했다. 나는 매일 아침 학교 자습실로 가서 열심히 공부에 전념하고자 했다.

그러나, 야구의 신은 나를 공부에 전념하도록 내버려두지 않았다. 그 여름, 학교 바로 옆 구덕야구장에서는 화랑대기 쟁탈 전국 고교야구대회가 열렸다. 나는 그래도 공부를 해야겠다고 마음먹었다. 아이 참, 야구는 무슨 야구야. 나는 고3인데. 그저 우리 학교가 선전하기를 마음속으로만 기원하며 나는 자습실에서 아침부터 열심히 문제집을 들고 씨름했다.

대회 첫 날, 점심을 먹고 나자 오후에 첫 경기를 가질 우리 학교 경기가 궁금해졌다. 그날따라 공부도 잘 되고, 오전 목표량을 초과달성 한 터였다. 그래서 딱 한 경기만 보고 올까 하는 마음으로 터덜터덜 걸어서 야구장으로 갔다. 1회전 부산 야구의 고향, 구덕야구장은 곧 철거된다.
촌스러웠지만 정감 있던 옛날 야구의 기억도 함께 사라질 것이다.
철거를 앞둔 구덕야구장의 마지막 모습.

©김성기

정도는 쉽게 이겼다.

아 그래, 역시 우리 학교네. 하긴 이렇게 고교야구를 열심히 보는 것도 이게 마지막일 테니 우리 학교 경기만 좀 챙겨서 볼까, 싶은 생각이 들었다. 앞으로 몇 게임이나 더 하겠어라는 생각이 컸던 데다 결정적으로, 이것들이 설마 그동안 못하던 우승이야 하겠나. 한두 게임 더 하고 말겠지 싶었던 거다.

그런데 그러려면, 다른 학교가 얼마나 잘하는지 전력분석도 좀 해봐야겠다는 생각이 들었다. 나는 남아서 다른 학교 경기도 조금 봤다. 예상보다 강력한 선수들이 많았다. 아아, 이거 만만치 않겠는데.

그 다음날부터 나는 공부하러 학교에 가는 척하고는 아침 10시 첫 경기가 열리는 구덕야구장으로 출근했다. 다른 학교 전력분석을 해야 했으니까. 그런데 그건 뭐, 우리 학교가 탈락하기 전까지만 하는 거였다. 어디까지나 나는 고3이었으니까.

그 여름, 우리 학교는 화랑대기 고교야구에서 꿈에 그리던 우승을 차지했다.

결승전에서 김경원이 버틴 동대문상고를 꺾고 우승기를 들어 올리는 순간, 우리는 모두 얼싸안고 감격에 겨워 소리를 질렀다. 세상을 다 가진 느낌이었다. 비록 서울 대회는 아니었지만, 드디어 졸업하기 전에 우승하는 모습을 보게 된 것이다.

나는 그 대회에서 1회전부터 결승전까지, 우리 학교뿐 아니라 모든 경기를 직관한 유일한 학생이었다.

고3이었다.

멋진 여름이었다.

사직구장, 그물 타던 아재들

부산 사직야구장은 1985년 완공되었고, 그 다음 시즌부터 롯데 자이언츠의 홈구장으로 사용되었다. 국내 최초의 인조잔디 구장이었으며, 축구장으로도 사용할 수 있는 다목적 구장이었다. 3만 명 수용 규모의 사직야구장이 처음 생겼을 때, 롯데 팬들의 자부심은 하늘 높이 치솟았다.

솔직히 그 전까지 롯데의 홈구장으로 사용하던 구덕야구장은 프로야구를 치르기에는 여러 가지로 모자란 구장이었다.

프로야구가 시작되기 전에는 외야에 관중석도 없었고, 조명시설이 되어 있지 않아서 해가 지면 경기를 할 수도 없었다. 부랴부랴 생긴 프로야구 덕분에 부랴부랴 시설 보강을 하기는 했다. 조명탑을 설치하고 외야 관중석도 만들었고, 전광판도 새로 만들어 달았다. 그렇지만 그놈의 야구장은 기본적으로 너무나 작고 볼품이 없었다. 좌우 펜스 거리가 90미터에 불과해서 김봉연 선수 정도면 진짜로 쳤다하면 홈런이었다. 곧 펜스 위에 철망을 높이 세워 보았으나 크게 달라진 건 없었다. 무엇보다 팬으로서 가장 쪽팔렸던 것은, 눈을 씻고 찾아봐도 잔디라고는 없었다는 거였다. 파란 잔디가 내·외야를 모두 덮은 잠실야구장까지는 바라지도 않는다. 그래도 최소한 외야에는 잔디가 깔려 있어야 했다. 프로야구 원년, 6개 구단의 홈구장 중에 내·외야 막론하고 잔디 하나 없이 순전히 맨땅인 야구장은 부산 구덕야구장이 유일했다. 무슨 학교 운동장도 아니고 이런 데서 어떻게 프로야구를 하란 말인가. 이것이야말로 야구 좋아하는 부산 사람들에게는 용납할 수 없는 수치였다.

그러던 차에 사직동에 새로운 야구장이 생긴 것이다. 일단 규모가 웅장했다. 잠실에 맞먹는 3만 명짜리 구장이었다. 펜스 거리도 늘어났고, 게다가 엄청나게 담장이 높아서 저거 넘기려면 제법 힘이 들겠다 싶었다. 다이아몬드 형태의 조명탑도 간지 났고, 무엇보다 파란 인조잔디가 융단처럼 깔린 야구장은 보는 사람에게 경탄을 자아냈다. 일본 프로야구에서나 보던 그런 멋진 구장을 우리 롯데가 사용한다니. 이거야 말로 상전벽해였다.

롯데 자이언츠의 홈구장인 사직야구장은
'지상 최대의 노래방' '한국 야구의 성지'로도 불린다.
사진은 2008년 준플레이오프가 열린 사직야구장 전경.
기나긴 암흑기를 거친 롯데가 8년 만에 가을야구 잔치를 벌이고 있었다.

©김성기

그런데 야구장이 새롭고 새끈하게 만들어졌다고 해서 그 야구장을 이용하는 관중들이 한 순간에 새끈해졌냐면 그건 또 아니었다. 그 당시 야구팬들은 무척 순수하고 열정적이었으나, 그 열정이 과도해져서 종종 사고를 치곤했다. 그리고 애초에 프로야구를 만든 그 목적, 바로 애향심을 이용하여 사람들의 시선을 정치 말고 다른 쪽으로 돌려보겠다는, 그 의도에 너무나 쉽게 순응했던 1980년대 우리 야구팬들은 가엾게도 고향 팀의 승부 하나하나에 진짜로 목숨을 걸고 임했다. 툭하면 선수단 버스가 불탔고, 뻑하면 그라운드로 깡통이 날아들었다.

거기에 더해서 타고나기를 열정적으로 타고 난데다, 일찍부터 명문 고교 팀을 다수 보유하는 바람에 야구에 대해서는 너나 할 것 없이 일가견이 있던 부산 시민들은 그때부터 이미 야구판에 독보적인 존재로 군림했다. 그들은 매 경기 야구장을 꽉꽉 메웠으며, 롯데의 플레이 하나 하나에 터무니없을 정도로 열광했고, 이해할 수 없는 패전에는 폭동이라도 일으킬 듯이 흥분하기도 했다. 한국 야구의 훌리건, '사직 아재'들의 탄생이었다. 사직구장은 그렇게 좋은 의미에서든 나쁜 의미에서든 한국 야구의 성지가 되어갔다.

그러니까, 나의 청소년기는 그런 '사직 아재'들 틈에서 잔뼈가 굵은 과정이라 할 수 있겠다. 물결치는 환호와 응원에 몸을 맡겼다가도 술 취한 아재들의 맥주 캔 투척이나 컵라면 국물 세례가 있을라치면 현명하게 몸을 피하는 과정에서 나는 살아남는 법을 배워야 했다. 조금 아니다 싶으면 쓰레기 통을 뒤집어엎고, 야구장 그물을 타잔처럼 기어오르며, 야구 이따우로 할라믄 다 때리치아라! 내 이놈의 로떼 시키들 다 지기삐고 나도 죽을란다! 하며 악을 쓰던 아재들. 그렇게 악다구니를 쓰다가도 연전연패 하던 팀이 어쩌다 역전승이라도 하면 어느새 모든 시름을 잊고는 처음 보는 사람들과도 거리낌 없이 포옹하고 소주 한잔 나누던 그 순진한 사람들 틈에서, 나는 투박하지만 그만큼 뼛속 깊이 박혀드는 1980년대 야구를 온 몸으로 받아 안고 있었던 것이다.

그 시절, 아직 요즘처럼 체계적인 치어리더가 없던 사직구장에는 한 이닝이 끝나면 노래를 틀어주곤 했는데, 이게 주로 트로트풍이었다. 사직 아재들이 좋아할 만한 선곡이었다. 지금은 롯데의 대표적인 응원가가 된 「부산갈매기」도 처음엔 공수교대 시간에 나오는 여러 노래 중 하나였다. 「부산갈매기」 외에도 몇 곡의 노래가 더 있었는데, 그중에서 내가 좋아했던 건 강병철과 삼태기가 불렀던 「항구의 일번지」라는 노래였다. 노래가 나오면 흑백 전광판에는 원전을 살짝 바꾼 노래 가사가 흘렀다. "가슴이 답답해서 찾아왔네~"로 시작하던 그 노래 중간에는 이런 대목이 나온다.(괄호 안은 원래 가

사)

"갈매기 바라보며 아무리 생각해도

야구의 일번지는 부산이 아니냐 (항구의 일번지는 부산이
아니냐)

야구의 일번지는 사직동이 아니더냐(사랑의 일번지는 남포
동이 아니더냐)"

나는 아재들과 함께 그 노래를 따라 부르며 속으로 이렇게
중얼거렸다.

정말 그렇고말고.

야구장의 먹을거리들

나는 서울에 올라와서 처음으로 잠실야구장에 갔던 1995년 어느 봄날을 잊을 수 없다. 롯데와 OB(지금의 두산)가 맞붙었던 그날. 마해영이 큼지막한 홈런을 쳤지만 결국 롯데답게 역전패했던 경기 내용도 생생하게 기억나지만, 경기와는 별개로 일종의 문화충격이 있었기 때문이었다. 그날의 일행은 일찍이 사직구장에서 잔뼈가 굵은 대학 동기 P와 나, 그리고 서울 태생의 OB 팬 두 명이었다.

나와 P는 서울 친구들에게 이렇게 물었다.

"치킨은 어디서 튀겨 갈까? 잠실구장 근처에도 치킨 팔겠지?"

서울 친구들은 무척 놀란 듯 했다.

"치킨이라고?"

"야구장에서 치킨을 먹어?"

이번엔 우리가 놀랐다.

"야, 그럼 니네들은 야구장에서 치킨 안 먹고 뭐 하나?"

"응원해야지!"

아아, 이건 용납할 수 없는 일이었다. 도저히 치킨 없이는 야구장을 갈 수 없었던 나와 P는 결국 출발지인 신촌에서 닭을 한 마리 튀겨갔다. 그날 2호선 전철 칸에는 고소한 통닭 냄새가 진동해서 승객들을 괴롭혔다. 서울 친구들은 난생 처음 야구장에서 치킨을 먹으며 너무나 행복해했다. "부산 사람들 멋지네!" 이런 말도 들은 거 같다. 지금은 전국 어디서나 야구장에서 치킨 먹는 것이 너무나 당연하지만, 그때는 정말 그랬다. 잠실구장 근처에는 김밥 정도밖에 없더라.

말 난 김에, 야구장에서 먹는 다양한 음식들을 체계적으로 정리해보고자 한다. 물론 순전히 내 기준이다.

치킨

앞서도 말했듯, 치킨은 야구장 방문시 가장 기본적인 메뉴라고 할 수 있다. 사직구장에서는 아주 오래전부터 치킨을 먹는 풍습이 있었는데, 야구장 밖에서 사오는 경우도 있었지만 구장 내에서 아줌마들이 들고 다니며 파는 전기구이 통닭도 매력 있었다. 때로는 그 치킨이 너무 마르고 볼품없어서 사직구장 근처의 비둘기를 잡아다 튀긴 거라는 소문이 있기도 했지만.

하여간 잠실구장에서도 어느 순간부터 프랜차이즈 패스트푸드점이 들어오면서 치킨을 먹는 미풍양속이 확산된 점은 다행스럽다 하겠다.

소주와 맥주

요즘 야구장은 가족 동반의 건전한 나들이 장소이지만, 그 옛날 야구장은 술 취한 아재들이 쓰레기통 뒤집고 그물을 타며 놀던 놀이터였다. 그들에게 있어 소주는 거의 필수품이라고 할만 했는데, 문제는 그것이 반입 금지 품목이었다는 거다. 반입 금지한다고 순순히 따를 사람들이 아니어서 팩소주를 가방에 숨겨 들어가는 건 기본이고, 먼저 입장한 친구에게 야구장 바깥의 일행이 술병을 몰래 전달하는 기상천외한 방법들이 등장하곤 했다.

야구장 근처 노점상들은 아예 소주를 생수통에 담아서 팔았는데, 이때 진짜 생수와 구분하기 위해 소주 담은 병에는 뚜껑에 고무줄을 묶어두기도 했다. 그러나 그마저도 안 될 때, 사람들은 블랙마켓을 이용했다. 옛날 사직구장 관중석에서는 조그만 소리로 "보약 있어요, 보약~!" 하면서 돌아다니던 아저씨가 있었다. "찌리찌리(지릿지릿) 보약~!"이라고 외치던 그 소리가 아직도 생생히 기억난다.

소주가 쌍팔년도 야구장의 상징이었다면, 맥주는 요즘 야구장의 세련된 분위기를 의미한다. 예전에 비해 여성 관객들도 엄청 늘어난 요즘에는, 맥주통을 둘러매고 다니는 판매원이 따라주는 시원한 생맥주가 최고 인기다. 물론 나 같은 아재들은 그런 맥주에 몰래 갖고 들어간 소주를 섞어서 마시기도 한다. 우리는 그게 최고다.

오징어

치킨은 약 2회나 3회 정도면 다 먹는다. 배는 대충 채웠는데, 술은 남았다. 이럴 때 만만한 게 오징어 되겠다. 한가롭게 오징어 뜯으며 맥주 마실 때면 대략 경기 중반이 흐르고 있다는 얘기다. 마신 술들이 누적되어 알딸딸해지는 시기이기도 하다.

컵라면

요새 야구장에서 가장 아쉬운 게 있다면 컵라면을 먹는 사람이 많지 않다는 거다. 아니 아예 팔지를 않는 것도 같다. 그러나 예전 사직구장에서는 컵라면이 참 흔했다. 아줌마들이 바구니에 컵라면을 갖고 다니며 관중석을 누볐다. 한 손에는 뜨거운 물이 든 보온병을 들고서. 소주를 먹다가 따끈한 국물이 필요한 사람들은 너나없이 컵라면 아줌마를 찾았다. 때로는 아줌마와 고객의 거리가 먼 경우도 있었는데, 이때 관중들은 감동적인 협조체제를 가동한다. 아줌마가 컵라면에 뜨거운 물을 넣어주면 이걸 관중들이 협력해서 손에서 손으로 전달하는 훈훈한 장면을 연출하는 것이다. 이거야 말로 장관이며, 옛날 야구장의 미풍양속이라고 나는 감히 말하고 싶다. 라면을 받은 손님은 지폐를 꼬깃꼬깃 접어서 아줌마에게 캐치볼 하듯 던지기도 했다. 찬바람이 불어서 추운 시즌 초반이나 막판에는 정말 필요한 게 컵라면이었는데, 때로 경기 결과에 불만을 품은 몰지각한 팬들이 국물을 투척해서 다른 관중들에게 피해를 입히는 경우도 있었다.

아이스크림

치킨 먹고 오징어 먹고 라면까지 먹었으면 이제 마무리를 해야 할 때다. 8회쯤에는 아이스크림을 먹는다. 아이스크림 먹다 보면 술도 깨고, 슬슬 집에 가야지 하며 마음의 준비를 하게 된다. 승리한 날은 아이스크림이 더 달다.

생선회

지금까지 말한 모든 먹을거리들을 한 방에 잠재우는 강력한 아이템이 있으니, 그게 바로 싱싱한 활어회다. 야구장에서 먹는 회야 말로 최고의 맛이다. 횟집이나 수산시장에서 포장해가서는 종이컵에 초장을 따라서 손에 들고 한 점씩 찍어 먹는 회는, 야구장 라이트 불빛 아래서 가장 아름답게 빛난다. 치킨이나 햄버거는 절대 따라올 수 없는 경지다. 족발을 쟁반국수와 함께 먹은 날도 있지만 암만 생각해도 역시 회가 최고다.

사직구장에는 회를 포장해 가서 먹는 팬들이 제법 많지만, 잠실은 드물다. 지난 봄, 항상 모여 야구를 보는 정다운 친구 선배들과 또 한 번의 회동이 있었을 때, 우리는 과감히 야구장 불빛 아래서 가장 아름답게 빛나는 모듬회 한판.
종이컵에 초장을 따라놓고 찍어먹으면 좋다.

노량진 수산시장에서 회를 떠다가 아이스박스에 담아서 잠실로 갔다. 사람들의 부러운 시선이 일제히 쏟아졌다. 사람들아, 야구장에서 회를 먹어봐라. 인생이 달라져 보일 거다.

수원이나 대전구장을 비롯한 다른 지역의 야구장에도 나름 독특한 먹을거리가 있다고 하는데, 기회가 되면 다 맛보고 싶다. 야구 관람은 축제다. 승부의 세계는 냉정하다지만 그게 다는 아닌 거다. 알고보면 그냥 공놀이일 뿐인 야구. 축제는 그저 먹고 마시고 하는 거라고 나는 믿고 있다.

롯데 팬으로 산다는 것

야구팬들이 다 마찬가지라고는 하지만, 롯데 팬
으로 산다는 것은 그중에서도 힘든 일이다. 그것은 순전히
롯데 자이언츠라는 팀의 실력 때문이다. 솔직히 말해 롯데는
야구를 참 못하는 축에 속한다. 롯데는 여지껏 정규리그 1위
를 해본 적이 없으며, 한국시리즈 우승은 1984년과 1992년
단 두 번 해본 게 다다. 타이거즈가 10회 우승을 했네, 라이
온즈는 4년 연속 우승을 했네 하는 이 마당에도 롯데 응원
단상에는 그 놈의 'V3'가 지겹게도 붙어 있다. 세 번째 우승
을 기원한다는 말이다. 역사도 가장 오래된 구단이 부끄러운
줄도 모른다. 그나마 나는 그 두 번의 우승을 다 목격한 올드
팬이니 운이 좋은 편이라고 해야 하나.

그렇다고 롯데가 평소에 어느 정도 성적이 나오고 야구

도 곧잘 하는데 그저 운이 나빠서 우승은 못하는 팀이냐 하면 그런 것도 아니다. 1980년대나 1990년대에도 간혹 잘하는 몇 해를 빼놓고 나면 롯데는 순위표 밑에서부터 올라가는 게 더 찾기 쉬운 팀이었다. 그래도 그때는 잊을 만하면 한 번씩 코리안 시리즈에도 진출하고 해서 '기복은 있지만 할 때는 하는 팀' 또는 '평소에는 별로라도 큰 경기나 단기전에 강한 팀'이라는 평가가 있었다. 그러나 21세기로 접어들면서 롯데 야구는 역사상 유례없는 파멸의 길로 접어들었다. 저주의 비밀번호라 불리던 '8888577'*을 찍던 그 시절, 프로야구 한 경기 최소 관중 신기록을 세우던 그때, 경기가 진행 중이던 사직구장 관중석에서 누군가 자전거를 타고 다니던 그 암흑의 세월은 아직도 롯데 팬들의 가슴 속에 어두운 그림자로 남아 있다.

그럼에도 불구하고 부산 팬들은 롯데를 버리지 못했다. 마치 애먹이는 자식을 차마 버리지 못하고 거두는 부모처럼. 아니면 가정폭력을 일삼는 남편이지만 타고난 심성은 착하다고 믿는 조강지처처럼. 팬들은 사직구장을 텅텅 비우다가도 외국인 감독이 와서 새로운 바람을 불러일으켰을 땐 '미워도 다시 한 번'을 외치며 야구장으로 몰려왔고, 에러를 남발하

---

* 혹시나 잘 모르시는 분들을 위해 첨언하자면, 2001년~2007년 시즌 롯데의 순위를 나타낸 숫자다. 당신 KBO 리그는 모두 8개팀으로 진행됐다.

며 허무하게 무너지는 경기에서도 언젠간 잘 할 거라며 부산 갈매기를 불러줬다. 그건 도대체 왜 그런 것일까.

그런 이해 안 되는 팬덤 현상의 8할은 부산 사람들이 대책 없이 야구를 좋아한다는 데에서 기인한다. 그냥 야구가 너무 좋은 거다. 어릴 때부터 본 야구, 다른 오락거리도 별로 없고, 서울처럼 연극이나 공연을 보러 가지도 못해 그저 주구장창 봐왔던 야구가 이제 인이 박혀서 버릴 수 없게 된 거다. 부산엔 전통 있는 야구팀도 많지 않았던가.

그 다음으로 무시할 수 없는 것은, 롯데라는 팀이 가끔 선물해주는 짜릿한 명승부다. 올드팬들은 아직도 한국 야구의 전설 최동원이 혼자서 한국시리즈 4승을 따내던 1984년과, 칼날 슬라이더의 염종석이 소총부대의 지원을 받아 이룩한 1992년의 우승을 잊지 못한다. 그 뿐이랴. '검은 갈매기' 호세가 자신에게 물병을 던진 대구구장 관중에게 방망이를 냅다 선사하며 일전을 벌이고, '악바리' 박정태가 격앙된 선수들을 모아놓고 입술을 깨물며 "오늘은 반드시 이겨야 한다"고 신음하듯 내뱉던 1999년 삼성과의 플레이오프 7차전! 그 경기야말로 롯데가 아니면 할 수 없는, 말도 안 되는 명승부였다. 이후 찾아온 8년의 암흑기 동안 롯데 팬들은 그날의 승부를 기록한 동영상, "경기는 삼성 쪽으로 기울고…"로 시작하는 그 낡은 동영상을 얼마나 주구장창 돌려봤던가 말이다.

최근 들어서도 여전히 성적은 별로인 롯데가 홈구장에서 세 경기 연속으로 끝내기 안타나 홈런을 치며 관중들을 열광하게 만드는 것을 보며, 나는 어쩔 수 없는 희열을 느껴야 했다. 이것은 마치 망나니짓만 골라하던 자식놈이 어느 날 아버지 선물이라며 알바비를 모아서 산 넥타이를 내미는 순간과도 같은 것이다. 그래 이 놈아. 내가 너를 어떻게 버리냐. 앞으론 잘 해라. 그러나 그것도 그때 뿐이라는 건 나도 알고 너도 안다.

그래서 나는 오늘도 독립운동하는 심정으로 롯데 팬이라는 운명의 불도장을 가슴에 찍은 채 매일 매일을 일희일비하며 살고 있다. 이긴 날은 세상을 다 가진 느낌이고, 진 날은 아닌 척 해도 속이 상한다. 야구 없는 월요일이나 비 와서 취소된 날은 안 졌으니 다행이라고 애써 태연해 하면서도 뭔가 허전함을 감출 수 없다.

한 때 그래도 야구를 꽤 좋아했고, 신랑이라고 만난 남자가 야구를 좋아하는 줄은 알았지만, 미쳐도 이렇게 미친 줄은 몰랐던 탓에 그만 야구에 만정이 떨어져버린 서울 출신 아내는, 이런 나를 이해할 수 없다고 한다. 야구도 지지리 못하는 팀을 왜 그리 좋아하냐고. 나는 달리 할 말이 없다. 이렇게 말할 수밖에.

"운명이다."

어느 롯데 팬의 기도

올 시즌에는
제정신으로 있게 하소서.
회사가 뭐 중요하냐
야구가 중요하지
그런 말을 밖으로 뱉지 않도록 도와주소서.
이제 주변의 평가에도 신경 쓸 나이가 되었습니다.

집에서 보던 유선방송을 해약했습니다.
하오니 야구중계는
퇴근 버스 안에서 DMB로 보는 것으로 만족하게 하시고
결정적인 순간이라도 버스를 내릴 때면
과감히 시청을 중단하고
가족이 기다리는 집으로 들어가게 하소서.

야근할 때는 야근만 하게 하시고,
야구 반 야근 반 하지 않도록 해주소서.
가끔 퇴근 후 치맥하면서 야구 볼 땐
이기거나 지거나 간에
과음으로 망가지는 일이 없도록 도와주소서.

야구장에 자주 가게 해주시되
항상 가족과 함께 하게 해주소서
그리고 그런 날만큼은 꼭 이기게 해주소서
이제 야구를 알게 된 우리 아이들이
평소 아빠가 말한 것과 같이

야구는 무조건 롯데가 최고라고 믿게 하려면
그 방법밖엔 없사옵니다.

무엇보다 바라옵건대
이긴 날 처자식에게 지나치게 관대하지 않게 하시고
졌다고 까닭 없이 애들에게 소리치지 말게 하시고
야구 없는 월요일이나 우천일에도
병든 닭처럼 무기력하지 않게 하여주소서.

하오나, 이 모든 바람이 헛된 것이라면
올해만큼은 야구에 일희일비하지 않고
제 할 일을 하겠다는
이 소박한 기원이 한낱 미친 망상이었다면
저 따위는 그냥 그대로 두시옵고

다만
롯데가 우승하게 하소서
롯데가 우승하게 하소서
오직 그것만을 바라나이다.

─2012 시즌 개막 하루 전날

롯데 팬은 세대전승

야구를 소재로 한 어떤 만화에서 이런 장면이 있었다. 한 젊은 롯데 팬이 눈물을 흘리며 아버지를 원망하는 거였다. "아버지, 저를 왜 그때 사직구장에 데리고 가셨나요!" 이러면서 그 젊은이는 운다. 나도 같이 울고 싶은 심정이었다. 나는 순전히 자발적으로 그 험난한 길에 접어든 케이스지만, 저 젊은이는 무슨 죄인가. 그의 아버지는 도대체 아들에게 무슨 짓을 했단 말인가.

나도 아이들을 야구장에 제법 데리고 다녔다. 부산 살 때는 사직구장으로, 서울에 와서는 잠실과 목동 그리고 가끔 인천 문학구장도 데리고 다녔다. 모자도 사주고, 유니폼도 사줬다. 그런데도 불행인지 다행인지 우리 아이들은 그렇게 야구에 빠져 살지는 않는다. 그래도 애비가 하도 극성이라 일단

지들도 롯데 팬이라고 말은 해준다. 그러면 그게 또 좋아서 아빠는 헤벌쭉 한다. 그래 얘들아, 야구는 롯데란다. 말도 안 되는 소리라고 해도 할 말은 없다만. 하여간 그렇다.

야구를 잘 못한다고 그 팀 팬이 되지 말란 법이 없고, 내가 그 팀을 사랑하면 가족과도 그 사랑을 나누고 싶은 것은 인지상정이다. 그래서 나는 아이들을 롯데 팬으로 만드는 것에 주저함은 없었다. 지금은 아이들이 알 듯 말 듯한 반응을 보이지만, 나중에 더 커서는 아빠의 마음을 이해해주리라 믿는다. 가끔은 저 위에 쓴 얘기가 생각나서 찜찜할 때도 있다. 아이들이 혹시라도 이딴 팀 팬은 더 이상 하기 싫다며 다른 팀으로 갈아타겠다면 어쩌나. 아님 그저 아빠가 싫어져서 야구팀도 바꿀래요 그럼 어떡하나. 나는 그럴 땐 마음이 아프더라도 보내줘야 한다고 생각한다. 그건 그 아이의 선택인 거다. 물론 야구팬들 중에는 더 강경한 사람도 있다. 한화 팬으로 유명한 어떤 연예인이 어린 딸과 함께 응원하는 얘기를 SNS에 올린 걸 봤다. 나는 "혹시 아이가 커서 다른 팀 팬이 되겠다고 하면 어떡하실 건가요?"라고 댓글을 달았다. 곧 답글이 달렸다. "호적 파야죠."

2011년. 롯데는 정말 모처럼만에 페넌트레이스 2위를 했고, 플레이오프에 진출해서 SK와이번스와 일전을 치르고 있었다. 2승 2패로 시리즈는 팽팽하게 흘렀다. 마지막 5차전, 대망의 코시가 눈앞이었던 그날, 나는 거실 한 구석에서 맨숭 맨숭 딴 짓을 하던 아이들에게 "오늘 롯데가 이기면 탕수육을 사주겠다"고 선포했다. 아이들은 그때부터 정말로 열심히 롯데를 응원했다.

그런데 이길 줄 알았던 경기는 이상하게 흘렀다. 1회 선취점을 올릴 때만 해도 희망에 들떴으나, 경기가 진행될수록 힘에 부치는 모습이었다. 결국 8대 4로 지고말았다. 롯데는 한국시리즈 진출에 실패했다.

나는 조용히 탕수육을 취소하고, 냉동실에 잠자고 있던 만두를 꺼냈다.

군만두를 먹으며, 당시 초등학교 4학년이던 아들이 내게 물었다.

"아빠, 왜 야구를 지면 탕수육을 못 먹는 거예요?"

나는 모름지기 진정한 팬이란, 선수들과 패배의 아픔을 같이 나눌 수 있어야 한다고 얘기해줬다. 착한 아이들은 고개를 끄덕이더니 묵묵히 군만두를 먹었다. 도저히 음식을 삼킬 수 없었던 나는 연거푸 소주만 마셔댔다.

'얘들아 미안하다. 사실 너희들이 무슨 잘못이 있겠니. 모든 게 다 선수들 잘못이고 또 그깟 공놀이에 목숨 거는 애비 탓이다. 어른들을 원망하렴. 그치만 또 롯데 팬의 삶이란 원래 그런 거란다. 이런 길을 가게 해서 미안하다만, 언젠가는

웃으며 탕수육을 먹는 날이 꼭 올 거라고 믿는다.'

　나는 비장하게 이 사연을 페이스북에 올렸다. 그 결과, 며칠 동안 페친들의 비난에 시달렸다. 도대체 아이들에게 무슨 짓을 한 거냐고 질타하는 내용이 대부분이었다. 아동 학대라는 말도 들었다.

　탕수육은 사줄 걸 그랬나.

1사 2, 3루

나는 1사 2, 3루 상황을 가장 좋아한다. 물론 우리 팀이 공격일 때 그렇다. 주자가 2, 3루에 나가 있다는 것은 짧은 안타 하나에도 2점을 득점할 수 있고, 안타를 치지 못해도 깊숙한 외야 플라이라도 하나 날려주면 1점을 얻을 수 있다는 얘기다.

게다가 1루가 비어 있으므로 병살을 당할 우려가 적다. 그게 만루상황보다 더 나를 안도케 한다. 실제로 만루 찬스에서 득점하기가 그렇게 만만치는 않다. 한때 롯데 별명이 '잔루만루'였다는 것만 봐도 안다. 만루 상황은 공격 팀에게도 선택의 폭을 좁게 만든다. 이를테면 주자 2, 3루에선 평범한 내야 땅볼이 나면 주자들이 움직이지 않아도 그만이지만, 만루에선 그렇지 않다. 뻔히 죽을 줄 알면서도 다음 베이스를 향해 뛰어가야 하는 것이다. 병살타처럼 힘 빠지게 만드는 게 또 있을까. 그게 1사 만루였다면 그대로 공수교대가 되는 것이고, 무사 만루였다 해도 김이 확 새는 건 어쩔 수 없는 거다.

요컨대, 2, 3루 찬스는 "이번에 안 되더라도 한 번의 기회가 더 있다"는 뜻이다. 그게 무슨 보험처럼 기분 좋은 거고, 수비진에게는 산 너머 산처럼 느껴지는 그런 상황이다. 따라서 이런 경우 수비 팀은 볼넷을 줘서 '1루를 채우고' 가는 경우도 있다.

주자 2, 3루는 그렇다 치고, 왜 하필 무사가 아닌 1사냐 하면, 그게 또 나름대로 긴장감을 주기 때문이다. 3번의 기회 중에 한번을 소진했다는 것, 그것은 노아웃 상황보다 공격 팀의 집중력을 더 높게 만든다. 한 번은 놓쳤지만, 두 번 실수하진 않겠다는 그런 개념이다.

그렇지만 아직까지는 써먹은 기회보다 다가올 기회가 더 많이 남아 있다. 2사보다 1사가 좋다는 건 너무나 뻔하다. 2사후 맞는 찬스는 극도로 팽팽한 긴장감을 동반하는 반면 1사 2, 3루는 그래도 공격 팀에게 희망이 더 많은 상황인 것이다. 결정적으로, 2사 후라면 외야플라이나 스퀴즈 번트로 득점할 가능성은 사라지는 거니까. 야구의 묘미인 '무한한 경우의 수'가 반감되는 것이다.

그래서 나는 우리 팀이, 그러니까 롯데가 1사 2, 3루 상황을 맞으면 기분 좋게 흥분한다. 야구장에 있었다면 맥주 잔에 손이 가는 순간이다. 신문지를 찢어 흔들며 나는 투수의 다음 공을 주시할 것이다. 투수의 손끝을 지난 공이 포수에 도달하는 그 찰나의 순간에, 나는 그 다음에 일어날 수 있는 오만가지 상황을 최대한 빨리 예상하기 위해 애쓴다. 그건 도박판의 죄는 맛하고 비슷하다. 나는 그 재미로 야구장에 간다.

사람들은 야구를 인생에 비유하기도 한다. 집home에서 출발해 집으로 돌아온다는 것, 세 번의 찬스가 주어진다는 것. 이런 점에서 야구는 인생과 유사하다. 찬스를 살리지 못하면 곧바로 위기가 닥치기 마련이라는 점에서도 야구는 인생의 축소판이다. 1사 2, 3루는 찬스다. 혹시 큰 점수 차로 뒤지고 있는 상황이라 할지라도 1사 2, 3루에선 한두 점은 올려줘야 한다. 그래야 야구할 맛이 나는 거다. 집중해야 한다. 그런데, 너무 걱정할 필요는 없다. 굳이 방망이 짧게 잡지 않아도 된다. 어깨에 힘만 뺀다면 크게 한번 휘둘러 봐도 괜찮다. 외야 플라이만 나도 되니까.

병살타 걱정은 하지 말자. 지금은 1사 2, 3루니까.

사직 아재의 잠실구장 방문기

구덕야구장에서 야구팬의 기초를 닦고, 사직구장 아재들 틈에서 인생을 배웠던 나는 삶의 터전을 서울로 옮긴 스물다섯 이후로는 좋으나 싫으나 '잠실 갈매기'가 될 수밖에 없었다. 야구는 역시 홈구장에서 보는 게 좋긴 하지만, 머나먼 서울 땅에서 원정 유니폼 입고 분투하는 선수들을 응원하는 맛도 나쁘진 않다.

나의 잠실구장 원정은 주말일 경우 가족과 함께 가는 것이 원칙이지만, 평일 경기라면 가족 동반은 어렵다. 그럴 땐 항상 나의 서울 생활에 가장 좋은 벗이 되어주는 세 사람과 함께 한다. 대학 동창인 P군과 서울에서 만난 J형, B형이다. 나와 P군은 롯데 팬, 두 형은 두산 팬이다. 이제 막 더위가 시작되려는 6월 어느 날, 우리 네 명은 다시 잠실에 모였다.

장면 1.

　내가 자리를 좀 잘못 예매했다. 원래 우리 넷이서 잠실구장 갈 때는 한가운데 맨 꼭대기, 네이비석에서 관람한다. 한가운데라는 점이 중요하다. 왜냐하면 양쪽 응원단의 소리가 적절하게 배분되는 자리여야 하니까. 말하자면 엄정 중립 지역이다.

　그러나 그날은 그쪽 자리의 예매가 여의치 않았다. 그래서 한두 구역만 더 3루 쪽으로 좌클릭을 했던 것인데 아뿔싸, 거기는 롯데 천하였다. 두산 쪽 응원은 들리지도 않고, 사방 천지에 롯데 팬들이었다. 나랑 P군은 나쁠 것 없었지만, 두 형은 졸지에 적지 한복판에서 관전하게 된 것이다. 내가 해봐서 아는데 이럴 거면 차라리 야구장 오지 않는 게 낫다. 도쿄 국립경기장에 앉아 있는 재일교포들 심정이 이해되는 순간이다.

　자리 예매를 담당했던 내가 그런 이유로 안절부절 못하고 있는데, 마침 우리 앞줄에 젊은이들 몇 명이 와서 앉았다. 그중 한 여성 팬이 두산 올드 저지를 입은 걸로 보아 다들 두산 팬들인 것 같다. 마음이 놓였다. 조금 위안이 되려나.

장면 2.

　우리 넷은 야구장 갈 때 가능하면 회를 먹는다. 치킨이나 족발을 먹을 때도 있지만 뭐니 뭐니 해도 회가 최고다. 야구장 불빛을 받으며 먹는 회는 최고로 맛있다. 회 담당은 주로 B형이다. 노량진에 들러서 도시락 네 개를 포장해온다. 싱싱한 활어회를 앞에 두고 네 명의 아재는 늘 그랬듯이 소맥을 말아먹었다. 바람은 상쾌하고, 승부는 팽팽해서 술기운이 제법 올랐다. 그 때, J형이 내게 속삭였다.

　"앞에 좀 봐라. 역시 요즘 젊은이들은 건전해."

　앞자리 젊은 두산 팬들은 하나같이 플라스틱 컵에 들어있는 주먹밥 종류를 들고 얌전히 식사 중이었다. 건전한 국민 스포츠로 자리매김하고 있는 한국 프로야구에 어울리는 장면이다. 갑자기 내 손에 들린 술잔이 부끄러웠다. 어릴 때 욕하던 사직 아재가 지금의 내 모습이다. 하지만 어쩌랴. 우린 야구장 음주를 포기할 수 없다. 야구를 그렇게 배웠다. 그렇다고 딱히 사고를 친 적은 없다. 그물만 안타면 되지 뭐.

　그때였다. P군이 막 웃으며 나를 쿡쿡 찌른다.

　나는 봤다. 보고야 말았다.

　앞 줄, 그 건전한 남녀들이 컵밥을 다 먹고는 일제히 플라스틱 소주병을 꺼내 빨대를 꽂아서 우아하게 드시는 그 장면

을. 아이고, 이 양반들아, 안주라도 좀 제대로 드시지. 아아,
빨대로 마시면 더 취하는데… 너무나 안타까웠다.

시간이 흐르고, 치열한 접전이던 경기 양상이 어느 순간
롯데의 대승 흐름으로 넘어가자, 앞줄 젊은이들은 가엾게도
약간 정신줄을 놓아버리는 것 같았다.

젊은이도 울고, 우리도 울고, 두산도 울었다.

장면 3.

몇 회 끝난 다음이었나? 전광판에 이벤트 영상이 떴다. 보
나마나 흔한 키스타임이나 경품 추첨 사다리 타기겠지 했는
데 그게 아니었다. 화면이 반으로 딱 나뉘면서 아리따운 여
성 팬 두 분이 나타났다. 각각 롯데와 두산 유니폼을 입었고,
둘 다 맥주잔에 빨대를 꽂고는 긴장된 얼굴로 대기했다. 맥
주를 누가 빨리 마시는지를 겨루는 이벤트였다.

카운트다운! 5, 4, 3, 2, 1… 그리고는 원 샷 대결이 시작되
었다.

야구장은 후끈 달아올랐다. 처음에 비슷하던 승부는 이내
롯데로 기울었다. 롯데 핑크 유니폼을 입은 여성이 다 마신
잔을 머리에 탁탁 털었다. 롯데의 승리였다.

롯데 팬들은 미친 듯 환호했고, 나는 나도 모르게 자리를 박차고 일어났다.

한국 시리즈 우승한 것 같은 기분이었다.

제2부

하숙집 블루스

제1장

신림동
시절

부산을 떠나다

나는 어떡하든 서울로 가고 싶었다. 23년간 살아온 부산 땅에 희망은 없어 보였다. 비록 이 동네에선 알아준다는 국립대학을 다니고 있었으나, 중앙 무대에선 지방 국립대 따위는 아무도 알아주지 않는다는 것쯤은 이미 나도 알아주고 있었다. 그렇다고 부산에 직장이 많이 있는 것도 아니었으며, 그나마 좋은 자리는 서울에서 대학을 나온 친구들이 다 차지하고 있다고 했다.

꼭 취직 때문이라기보다, 나는 공부를 더 하고 싶었다. 남들보다 군복무 기간도 짧아서 어차피 시간 여유도 있을 터였다. 대학원에 진학하고 싶었는데, 내가 다니던 과는 신설학과라 아직 대학원 과정이 개설되지 않고 있었다. 그렇다면 선택의 여지는 없었다. 서울로 가야 했다. 서울에서 대학원 과정을 이수하는 것을 일단 목표로 정했다.

목표로 삼은 학교는 두 개였는데, 둘 다 S대였다. 1지망 S대는 신림동에 있는 국립대학이었고, 2지망 S대는 신촌에 있었다. 그런데 그 두 학교는 당시 대학원 입학시험을 볼라치면 반드시 그 학교에서 청강을 좀 하지 않으면 안 되는 그런 구조였다. 신림동 S대는 면면히 내려오는 대학원 입시 족보란 게 있었고, 신촌 S대는 한 교수님의 강좌가 매우 특별한 내용이라 하여간 청강을 하지 않으면 문제를 풀 수 없다고 했다.

그래서 나는 서울로 가기로 했다. 4학년 2학기가 시작되기 직전이었다. 계절학기를 이용해 졸업 학점은 거의 이수한 상태였다. 나는 그 여름, 서울에 올라와서 사전조사에 착수했다. 조사의 결과는 뻔했다. 호랑이를 잡으려면 호랑이 굴에 들어가야 하는 법. 신림동 S대 도서관에 근거지를 잡고 청강을 해가며 공부를 하기로 했다. 아는 사람도 없고, 아무도 오라는 사람도 없었지만, 일단 그러기로 했다.

숙소를 정했다. 하숙이었다. 신림동 녹두거리, 화랑교 부근의 평범한 2층집이었다. 가격도 적당했고, 식사 제공은 물론 빨래까지 해준다고 했다. 하숙을 전문으로 하는 집이 아니라서 하숙생은 나를 포함해 모두 3명이었다. 한 사람은 독방을 쓰고, 나는 다른 사람과 같이 한 방을 사용할 것이었다. 선금을 걸고 일단 내려왔다.

나는 서울로 가고 싶었다. 부산에는 더 이상 희망이 없어 보였다.
서울에 도착한 그날, 비가 내리고 있었다.

얼마의 날짜가 지난 후 드디어, 나는 짐을 챙겨 내 터전을 서울로 옮겼다. 8월 말, 새로운 역사가 시작되는 그날, 비가 왔었다. 이모님께 빌린 커다란 여행 가방은 공부할 책들 때문에 너무 무거웠다. 그때만 해도 택배가 발달하지 않았던 때였다. 끌고 가기도 버거운, 내 허리께까지 올라오는 그 가방을 옮기며 나는 앞으로 펼쳐질 만만치 않을 날들을 예감하고는 땀을 비오듯 흘리면서도 한기를 느껴야 했다.

곧 첫 번째 시련이 닥쳤다. 서울역에서 신림동 화랑교 부근까지는 택시를 타고 잘 왔는데, 도대체 하숙집이 어딘지 찾지를 못하겠는 거다. 평소 심각하게 어두운 길눈으로 인해 장애인 취급을 받으며 살아온 내가, 컨디션 안 좋은 날은 집 앞에서도 길을 잃어버리는 내가, 한 번밖에 안 가본 서울 주택가 골목을 제대로 찾았다면 그게 더 이상한 일이었다. 이 골목이 그 골목 같고 이 집이 그 집 같았다. 비는 뿌리고, 가방은 무겁고, 날은 덥고, 환장의 3콤보였다.

전화를 걸어 물어 물어서는 30분 만에 집을 찾았다. 주인 아줌마는 물속에서 기어 나온 것 같은 내 몰골을 보고는 어서 씻기부터 하라고 했다. 나는 지쳐 흐릿한 눈으로 2층 거실을 한 번 둘러보았다.

말 없는 룸메이트

씻고, 짐을 챙기고, 저녁을 먹고, 내 방에 들어와 앉았다. 넓지도 좁지도 않은 방의 절반이 나를 위해 비워져 있었다. 나머지 절반은 룸메이트의 공간일 것이다. 내 자리가 창가 쪽이란 것이 맘에 들었다.

룸메이트는 늦게 들어왔다. 작업복을 입고 있었다. 수염을 덥수룩하게 길러서 나이를 가늠할 수 없는 사람이었다. 피곤해 보이는 얼굴이었지만 눈빛은 날카로워 보였다. 안녕하시냐고 인사를 하고, 우리는 각자 누워 책을 보다가 잠이 들었다. 말이 없는 사람이었다.

그는 말이 없어도 너무 없는 사람이었다.

첫날 인사 한마디 나누곤 그게 다였다. 처음엔 내가 맘에 안 드나 그런 생각도 했었고, 일을 하고 와서 피곤한가보다 이해하려고도 해보았다. 그러나 그는 항상 내게 간단한 목례 외에는 아무런 말도 하지 않았다. 과묵한 성격이라 그렇겠지, 알고 보면 속이 깊은 분이겠지. 이렇게 생각도 해봤는데, 사람이 무슨 말을 조금이라도 해야 속이 깊은지 얕은지 알 것 아닌가 말이다. 나한테만 그러는 게 아니라 주인아줌마에게도, 옆방 하숙생에게도, 그 사람은 거의 한 마디도 말을 하는 법이 없었다.

나는 막연한 환상이 깨지는 기분이었다. 내가 그려왔던 하숙생활은 이런 게 아니었다. 비슷한 나이 또래의 친구와 한 방을 쓰면서 그동안 살아온 얘기며 앞으로의 계획 같은 알콩달콩한 대화를 나누고, 때로는 가까운 포장마차에서 소주 한 잔도 나누는 그런 게 하숙 생활이 아니겠는가. 하지만 현실은 정반대였다. 우리는 같이 지낸 기간 서로를 방 안의 가구 보듯 하고 지냈다. 사실 그는 휴일도 따로 없이 거의 매일 일을 하러 다녔으므로 대화를 나눌 기회 자체가 별로 없기도 했다.

그렇다고 그가 무슨 실어증 환자였냐 하면 그것은 아니었다. 우리 둘이 쓰는 방에는 룸메이트 소유의 전화가 있었다. 그는 밤마다 이 전화기를 붙잡고 누군가와 통화를 했다. 놀랍게도 그에게는 아내가 있었다. 무슨 이유에서였는지는 몰라도 같이 살 수 없는 사정이 있는 듯했다. 아내와 대화를 나누는 그는 항상 다급한 목소리였다. 나는 그저 자는 듯 누워 있었지만, 본의 아니게 이런 저런 얘기를 엿듣는 처지가 되고 말았다. 룸메이트는 그때만큼은 말을 잘 했다. 때로 통화는 길게 이어지기도 했다.

그리고는 해가 뜨면 나의 룸메는 다시 무거운 침묵 속에 빠져 살았다.

나는 별로 신경을 쓰지 않았다. 어찌 보면 그게 편할 수도 있었다. 나 또한 공부를 해야 했고, 서로 얼굴 대할 시간도 많지 않았다. 마음이 맞지 않아 싸우는 것보단 오히려 그게 낫다. 그러나 하숙집의 다른 사람들은 그를 별로 좋아하지 않았다. 크게 피해주는 일은 없었으나, 인사성도 밝지 않고 묻는 말에 대답도 안하고 횡하니 나가버리는 그를 좋아하기란 쉽지 않은 일이었다. 아무리 그래도 그렇지, 그러면 안되는 일이긴 했다.

그렇게 나는 말없는 룸메이트와 석 달이 넘도록 한 방에서 살았다. 나중에 돌이켜보니 우리가 나눈 대화는 다 합해서 스무 문장 내외였던 것 같다. 서로의 대화가 두 문장 이상 이어진 적은 없었다.

옆방 A씨-1

하숙생들이 쓰는 방은 두 개였다. 비교적 큰 방
엔 나와 말없는 나의 룸메이트가 살았고, 그 옆 좀 작은 방
에는 삼십대 후반의 독신 여성 A씨가 혼자 지내고 있었다.
약간 키가 작고 동글동글한 인상이었다.

A씨는 비정상적으로 과묵한 우리 룸메이트와는 달리 수
다스러운 성격이었다. 사람도 선량해 보였고, 나름대로 재치
도 있어 하숙집의 분위기 메이커를 자처했다. 그녀는 내게도
틈날 때마다 수다를 시전하곤 했는데, 그 주된 내용은 우리
룸메이트에 대한 험담이었다. 그가 좀 이상하지 않느냐는 것
이다. 사람이 정상이 아닌 것 같다며, 그렇게 살면 안 된다고
나무랐다. 여기에 맞장구를 치기도 좀 뭐해서 그냥 듣고만
있었다. 달변가였던 A씨는 어찌나 말씀도 재미있게 하시는지

덕분에 하숙생활이 지루하진 않겠다고 생각했는데, 그러나, 그것은 나의 오산이었다.

옆방의 A씨도 만만한 인물은 아니었다. 우선 너무너무 깔끔하고 섬세했다. 깔끔하다는 건 큰 장점이다. 그러나 아주 사소한 것에 가끔 지나치게 집착했고, 자기가 무시당한다고 생각되는 상황에 특히 민감했다. 자신의 의사가 받아들여지지 않으면 크게 화를 내거나 해서 우리를 당혹시키곤 했다.

사건은 어느 날 아침에 벌어졌다. 여느 때처럼 우리 세 명의 하숙생은 한 식탁에 둘러 앉아 아침을 먹고 있었다. 나는 주인아줌마와 시시콜콜한 얘기를 나누며 밥을 먹었고, 나의 룸메이트는 역시 아무 말 없이 식사를 하고 있었는데, 갑자기 A씨가 문제를 제기했다.

"아줌마, 깍두기 맛이 왜 이래요?"

"아, 이번에 깍두기가 좀 맛이 없어. A씨가 좀 이해해줘. 하다보니 그리 됐네."

아줌마의 대답이었다. 기실 그리 맛이 없진 않았지만, 국물이 좀 없이 뻑뻑하긴 했다.

"아줌마, 어떻게 된 게 깍두기에 국물이 하나도 없는 거예요? 그거 아줌마가 깍두기를 담글 줄 몰라서 그래요. 다음부터 깍두기를 담글 때 물을 몇 컵만 부어요. 국물도 많이 생기고 훨씬 맛있어요. 진짜예요."

아줌마는 동의하지 않았다.

"그건 A씨가 몰라서 하는 소리여. 김치 담글 때 누가 물을 붓나? 깍두기도 그저 양념이 무에 배어들어서 자연스럽게 국물이 나오는 거야."

나는 아줌마 말씀이 옳다고 생각했다. 물 부어 담근 깍두기라니, 그건 좀 아니었다. 그렇다고 딱히 A씨를 탓할 수만은 없는 것이, A씨가 나고 자란 동네에선 그럴 수도 있는 일이긴 했다. 설사 A씨가 옳았다 치자. 그래도 그럴 땐 에이, 그게 아닌데 이러면서 더 이상 말을 하지 않는 게 나이 드신 분에 대한 예의라고 여겼다. 그런데 갑자기 A씨는, 버럭! 화를 냈다.

"아니, 아줌마! 그러니까 아줌마가 김치를 담글 줄 모른다는 거예요! 그러지 말고 내 말 딱 한번만 들어보라니까요! 깍두기 담글 때 물을 좀 부으면 그게 얼마나 맛있는데. 아, 정말 뭘 몰라도 너무 모르셔!"

"아니, A씨, 말이 너무 심한 거 아냐? 아무래도 내가 살림을 오래 살아봤지 A씨가 뭘 안다고 그래?"

"진짜, 짜증나서 얘기 못하겠네! 그러지 말고 깍두기 담글 때 물을 좀 넣으라니까요! 내 말 딱 한번만 들어보라니까 왜 자꾸 그래요!"

고래고래 소리를 지르는 A씨였다. 아침부터 이 무슨 시추에이션인가 싶은데다가, 과연 A씨는 정상인가 하는 의문이 갑자기 나의 뇌리를 파고들었다. 그 상황이 얼마나 난리통이었냐면, 과묵하기 이를 데 없는 우리 룸메이트마저 나직이 한소리를 읊은 것이다.

"아, 시끄러워."

룸메이트는 그 한마디를 남기고 방으로 들어갔다.

시끄러운 아침이었다.

옆방 A씨 - 2

그 사건 이후, 나는 옆방의 A씨와 잘 지내보자
는 생각을 포기했다. 그리고 이 집에는 왜 이런 사람들만 모
여 있는지에 대한 의문과 당혹감이 나를 괴롭게 했다. 그래
도 A씨는 여전히 내게 살갑게 굴었다. 그녀의 수다 주제는 이
제 나의 룸메이트 험담에 덧붙여 하숙집 주인아줌마의 험담
까지로 그 지평을 확대하고 있었다. 나는 그저 듣기만 했다.

그러던 어느 토요일, A씨가 나를 불렀다. 썩 내키지 않았지
만 무슨 일인가 싶어 식탁에 마주앉았다. 그녀는 잠깐 기다리
라더니 자기 방문을 열고 들어가서 뭔가를 한참 찾는 눈치였
다. 나는 열린 문틈으로 그녀의 방을 슬쩍 들여다보았다.

A씨의 방은 그녀의 성격만큼이나 깔끔했다. 잘 정돈된 책
들과 책상, 간소한 가구들이 정갈했다. 공부에 바쁘다는 핑

계로 청소를 등한시하던 내 방과는 비교가 안 되었다. 내심 감탄하고 있는데, 그녀가 자그마한 팸플릿을 갖고 나와서 내밀었다. 거기에는 큰 글씨로 이렇게 씌어 있었다.

'예수천국 불신지옥'

A씨는 열심히 교회를 다닌다고 했다. 그러면서 내게도 하나님의 말씀을 전하고 싶다고 했다. 나는 당황했다. 아니 저는 사실 성당에서 유아세례를 받았는데요, 했지만 아무 소용없었다. 난감한 순간이었다. 뭐, 그거야 봐줄 만도 했지만, 얼마 뒤 그와 관련한 한판 사건이 벌어진 데는 더 이상 할 말이 없었다.

하숙집 주인아저씨는 회사 생활을 오래 하셨던 분인데, 어느 날 갑자기 한쪽 팔이 불편하게 되고 말았다. 그러나 인자하고 소탈한 분이었고, 손재주가 좋아 성한 한쪽 팔만 사용해서 창문에 외풍을 막는 비닐작업 같은 것을 혼자 척척 해내시곤 했다. 그러므로 평소에 나는 좀 측은하고도 존경스런 마음으로 아저씨를 바라보곤 했던 것인데, A씨가 하루는 아저씨에게 이러는 거다.

"아저씨, 팔 그거 풍 때문이라면서요? 제가 잘 낫게 하는데를 아는데."

"어? 그게 어딘데?"

귀가 솔깃해진 아저씨, 그런데 대답이 걸작이었다.

"제가 잘 아는 기도원이 있어요. 거기 가서 몇 달만 성심껏 기도하면 그런 거는 금방 나아요. 한번 가보시죠."

아저씨는 맥이 풀렸다. 그러면 그렇지.

"난 또 뭐라고. 됐어, 나는 관심 없으니까 됐네."

"아저씨, 그러지 말고 한번만 가 봐요. 좋다니까 그러세요. 제 말 한 번만 들어봐요, 예?"

"아, 됐다니까 그러네. 가려면 A씨나 가. 난 안 가네."

한동안 기도원에 가라, 나는 안 간다, 승강이를 하다가 결국 A씨는 물러섰다. 에휴, 이제 좀 조용해지려나 싶어 내 방으로 들어가려는 그 순간이었다. A씨는 만면에 미소를 띠며 내게로 왔다. 그리고는 너만 알고 있으라는 듯 은밀한 비밀이라도 말하는 투로 내게 속삭였다.

"저 아저씨도 마귀 들렸어. 그치?"

그러면서 내게 눈을 찡긋해 보이는 A씨였다. 아아, 나는 말을 잃었다. 만정이 뚝 떨어지는 기분이었다. 나름대로 하숙집 주인아저씨의 병환을 낫게 할 목적으로 기도원을 권유한 거, 있을 수 있다. 그러나 그걸 거부한다고 해서 마귀 들렸다니. 이야말로 진정한 신앙인의 자세와는 거리가 있을 터였다. 아무리 섭섭해도 그렇지 그러면 안 되지.

그러니까, 나는 그 집에서 지냈던 한 석 달 보름을 '아무리 그래도 그렇지 그러면 안 되는' 일을 주로 하는 두 명의 하숙생과 함께 지냈던 것이다. 아마 그들과 계속 생활했더라면 나도 끝내 입을 꽉 닫고 살거나, 아니면 깍두기를 담글 때 물을 한 바가지 넣어야 하는 게 아닌가 하고 매일 매일 의심하며 살아야 했을 것이다.

그래도 이 분들 때문에 나는 뜻하지 않은 반대급부를 누릴 수 있었다. 무슨 말이냐 하면, 주인댁 식구들이 나를 참 좋아해주기 시작한 거다. 내가 싹싹하게 잘 하고 인간성이 뛰어나서가 아니라, 그들 눈에 최소한 나는 '무난한 범주'에 속하던 유일한 하숙생이었다. 아무 이유 없이 침묵 속에 고행을 하지도 않았고, 깍두기로 시비를 걸거나 기도원을 권하지도 않았다. 그저 아침에 일어나서 도서관에 공부하러 가고, 저녁이면 들어와서 씻고 자는, 그런 평범한 학생이었던 내게 주인댁 내외분은 항상 과분한 애정과 관심을 보여주셨다. 방에 혼자 있으면 아주머니가 나만 먹으라고 과일을 넣어주셨고, 주인댁에 먹을 것이 생기면 항상 나만 불러서 같이 먹었다. 지금 생각해도 참 고마운 분들이다.

그리고 주인 내외분에게는 세 명의 장성한 딸들이 있었는데, 그녀들 또한 그 집에서 우리와 함께 생활하고 있었다.

하숙집의 세 딸들

　　주인댁 내외분에게는 딸이 셋 있었다. 첫 딸은 이미 결혼해서 아기가 있었다. 아기를 낳은 지 얼마 되지 않아서 친정에서 주로 지내는 모양이었다. 남편은 본댁과 처가를 오가며 생활하는 것 같았다.

　둘째 딸은 미혼이었고, 직장에 다녔다. 언니와 동생이 아버지를 닮아 호리호리한 체형인데 반해 둘째는 엄마를 닮았는지 약간 살집이 있는데다 눈도 크고, 목소리도 크고, 호방한 성격이었다. 그러니까 이 집은 주인 내외가 하숙을 쳐서 얻는 수입에 둘째 딸의 월급을 더해 생계를 꾸려나가는 것이라 보면 되겠다. 둘째 딸은 가끔 퇴근할 때 양념치킨 같은 걸 사왔는데, 주인댁에선 항상 나를 불러 같이 먹도록 했다는 건 이미 말한 바와 같다.

막내는 나보다 나이가 두세 살 정도 어렸다. 얼굴이 예쁘다고 할 수는 없었지만 귀여운 구석이 있었고, 큰언니처럼 호리호리한 몸매에 목선이 고왔다. 나하고 나이가 비슷하단 이유로 장난도 잘 치고, 스스럼없이 지내는 편이었다. 나는 그녀에게서 도움도 많이 받았다. 서울 지리를 몰라 어버버 하거나 하면 막내가 가르쳐주곤 했다. 나는 그때마다 고마움의 표시로 초콜릿 같은 것을 쥐어주었고, 그걸 보던 언니들은 왜 나는 안주고 쟤만 주느냐고 웃으며 툴툴거렸다. 막내는 학교를 졸업하고 집에서 신부수업 중이었다. 신부수업이라고 하면 신랑감이 있어야 할 것 같은데, 있었다. 신랑감은 누구였냐 하면, 바로 나에 앞서 내 방을 쓰던 하숙생이었다.

어느 날 멀끔한 청년 하나가 아침에 들어오더니 주인 내외분께 인사를 하고는 천연덕스럽게 우리랑 같이 앉아 밥을 먹는다. 하숙생은 분명 아니고, 친척인가? 그랬는데, 알고보니 막내딸의 애인이자 전임 하숙생이었다. 그러니까 그 친구도 그 말 없는 룸메이트와 같이 방을 쓴 거다.

어쨌든 그런 인연으로 나와 막내딸과 그녀의 애인은 내가 공부를 마치고 돌아오는 저녁이면 셋이서 술도 한잔 하고, 당구도 치면서 좋은 인연을 만들어갔다. 가끔, 아주 가끔, 내가 저 친구에 앞서서 이 방을 쓰게 되었다면 어떻게 되었을까… 뭐 그런 상상을 안 해본 것은 아니었지만, 당시 나의 처

MBC의 '주말의 명화'와
KBS의 '토요명화'가 펼친 외화 대결은 큰 즐거움이었다.

● MBC	❶ KBS	❷ KBS	❸ KBS
7일 밤			
5 00 밝아오는 05 밀바이드 「쿼터백잠의 죽음」	<다큐멘터리서울올림픽「백 넣어서」제4>	45 50 진격 Z작전	※ 4:00 우리농산 ◇30 국1탐 구생활 ◇40 국2 탐구생활 00 헬프노 교실 ◇위 한송백과
6 00 특집방송 「'89후기대학 원서접수상황」	30 89 후기대학 입시원서 접수 상황 ◇20	40 유머 I 번지 00 출연:김철곤 알용수 김학병	00 생각하는 삶 30 고교진학 「시계계」
7 00 토요일！토요일은 즐거워 진행:이덕화 조용욱	30 한·일역사기획 「후지키노 고분의 비밀」	40 주말연속극 「은혜의땀」 출연:윤혜미 여출:김연정	00 교사의 시간「교육논단(2)」 30 나의옷 나와집
8 00 주말극 「14일 앞으리」 출연:임채무 김화애 이휘향 바여균 김룡팀 김행숙등		40 사랑방총계 진행:원종배 강유일 여출:이옥추	00 세계의 다큐멘터리 30 앞서가는 농어촌 50 중학어회화 지도:임일호
9 00 마데스크 진행:손석희 25 스포츠	00 9시뉴스 25 지구촌의 지금 진행:김진형	30 토요명화 「알렘물통의 흑룡립」	00 일어회화 지도:최春희 40 Live Action English
10 30 주말의 영화「서기2019년」 주연:헤리슨 포드 신영 감독:리플리 스코트	25 지구촌의 지금 진행:김진형 00 논픽션드라마 「빌라룸을 아시나요」 출연:박건식 외 유연 유익류	감독:크리스티앙 자크 주연:알렘물통, 비토나리지	00 토요일 우리국악
11 00 월드 ◇30 영화로 뉴스트 셀러극장「루서분 아이」	00 생방송 십어토론 진행을 밥 습니다-한국사회의 갈등……	25 30 K B S 스포츠 「배구」	00 B B C영어 지도:소문희 30 스페인어회화 지도:민용태
8일 아침 낮 밤			
6 00 밝아오는 우리마을 40 예술기행 「이징필외미술」	00 05 종교의 시간	00 00 T V 미술관 45 주간북한소식	
7 00 10주말퀴즈 진행:차인태 김수정 30 컬랑턴 형사 가비트	20 특집 「농촌을 다시본다」	05 T V 손자방법례 55	00 방송통신대학 T V강좌
8 00 아가 요요일이다 진행:박세민 김현경	30 일요대답 「실며 생각하며」	00 중학생 퀴즈 40 미키와 도널드「딜려라구피」	00 일요세계다큐멘터리「모스크 바의 사나이—소련 침보게 특별조사 보고서」
9 20 한지붕 세가족 「티라 이야」	40 클래식시런	30 퀴즈여행 지구가족출발	

지로서는 언감생심이었다. 나는 공부를 하러 왔다. 시험에 합격해야 한단 말이다. 목표는 S대였다.

그러던 어느 밤이었다. 주말이었던 것 같기도 하다. 꽤 밤이 깊었는데 그날따라 잠이 오지 않았다. 룸메이트는 말없이 잠을 자고, 잠을 안자도 말이 없고, 어쨌거나 심심하고 해서 텔레비전이나 볼 요량으로 거실로 나왔다. 잠옷 바람이었다.

거실엔 막내딸이 혼자 앉아서 텔레비전을 보고 있었다. 그녀 역시 약간 도톰한 원피스 잠옷 하나만을 입고 있었다. 뭐, 평소에도 서로 잠옷 바람으로 있는 것을 자주 본지라 특별히 부끄러울 것은 없었다. 그녀도 그다지 피하지 않는 눈치였다. 오세요, 같이 봐요. 영화가 방영되고 있었다.

우리는 소파에 나란히 앉았다. 다른 식구들은 모두 자고 있었다. 모든 불을 끈 상태로 볼륨을 최소로 하고 텔레비전을 봤다. 영화는 그냥 그랬다. 무슨 총잡이가 나오는 웨스턴 무비였다. 시시하고만, 하고는 시계를 보려고 얼굴을 돌리는데, 그녀의 옆얼굴이 눈에 들어왔다.

브라운관의 희미한 광선에 비친 그녀의 얼굴은 가냘픈 인상이 강조되어서인지 고운 느낌이었다. 잠옷 위로 드러난 목선도 그날따라 예뻤다. 그 순간, 처음엔 잘 몰랐던 은은한 향기가 대기 중에 퍼져 있음이 느껴졌다. 그녀의 체취였다.

나는 살짝 얼굴을 붉혔던 것도 같다. 다시 텔레비전으로 시선을 돌렸다. 향기는 여전히 내 코를 간지럽혔다.

그렇지 않아도 그렇고 그랬던 영화는 더 볼 것이 없을 만큼 지루했다. 그러나 우리는 말없이 앉아서 영화를 끝까지 보고, 마감뉴스까지 봤다. 잘 자라고 인사를 하고는 방으로 들어와서 누웠다. 룸메이트가 코고는 소리가 들렸다.

가슴이 두근거렸다.

그러나 한편으로 충만한 기쁨 같은 것이 가득 차 있다는 것을 나는 알았다. 뭔지 모를 편안함이었다. 잠시 동안이나마 고달픈 객지생활과, 아무도 반겨주지 않는 이곳에서 눈칫밥을 먹으며 전쟁 같이 지내온 하루하루를 잊을 수 있을 것 같은 그런 느낌이었다. 얼마 남지 않은 시험도 그때만큼은 걱정되지 않았다.

나는 그 밤에 참 잘 잤다.

낙방

나의 신림동 시절은 그렇게 흘러갔다.

아침 일찍 하숙집을 나와서 S대 도서관에서 공부를 하다가 수업시간이 되면 청강하고, 학교 식당에서 점심을 먹고는 다시 공부했다. 저녁때가 되면 하숙집으로 돌아와 저녁을 먹고 다시 도서관으로 가서 공부하다 밤늦게 돌아가서 잠이 드는, 그런 단순한 생활이었다. 그리고 2지망인 신촌 S대 역시 한 과목은 청강이 필요했으므로, 1주일에 이틀은 신림동에서 버스를 타고 신촌으로 가야 했다.

부산의 모교 교수님께서 도와주신 덕분에 신림동 S대 대학원에서는 외부인인 내게도 청강 허가를 해줌은 물론, 기출문제 족보를 한 부 복사해줬다. 제법 두꺼운 답안지 묶음이었다. 그것을 달달 외우고, 체계적으로 정리해 내 답안으로 만드는 것이 공부의 대부분을 차지했다.

그렇지만 나는 거기서 아웃사이더였다. 강의실 한 구석에 앉아서 같은 전공이지만 생소한 내용의 수업을 들을 때면 알 수 없는 답답함이 밀려왔다. 그나마 족보는 구했지만 일부 내용은 누락되어 있었다. 어디 가면 빠진 부분을 구할 수 있는지도 몰랐고, 요즘처럼 인터넷을 통해 자료를 찾아볼 수도 없는 노릇이었다. 그저 내가 공부하지 못한 부분이 출제되지 않기만 바라면서 나는 하루하루 내 노트를 만들어갔다. 거기에 틈틈이 영어와 독일어 공부까지 해야 했다.

비록 낯설고 팍팍한 서울 바닥이었지만, 그래도 나를 도와 주는 사람들이 있었다. 신기한 것은 신림동 캠퍼스 곳곳에서 아는 얼굴을 만날 수 있었다는 거였다. 하루는 밥을 먹으러 가는데 낯익은 얼굴이 보였다. 중학교 때 단짝처럼 지냈던 T 였다. 자그마치 법대생이었다. 어, 니가 그렇게 공부를 잘했 었냐? 아니 뭐 그렇게 됐다. 이런 얘기를 나눈 것도 같다. T는 내게 같이 고시 준비를 하는 친구들을 소개해줬다. 덕분에 나는 그들과 함께 밥도 먹고 차도 마시면서 쓸쓸함을 달랠 수 있었다.

고교 동창들도 몇 명 서식하고 있었다. 재수 삼수는 물론 사수까지 겪어낸 20명 가까운 친구들이 신림동 S대생이 되 어 있었던 것이다. 나는 졸업을 앞두고 있는데 이제 1학년인 친구도 있었다. 기분이 묘했다. 그 외에 나보다 먼저 졸업한 대학 같은 과 여자 동기들 2명도 그 도서관에서 공부하고 있었다. 도대체 서울이 뭐라고 다들 여기서 만나나 싶기도 했다.

누구보다 든든한 후원자는 나보다 1년 먼저 신촌 S대 대학원에 진학해 있던 같은 과 동기 P였다. 그래서 내가 신림동 S대 외에 신촌 S대를 2지망으로 두었던 것이다. 1주일에 두 번 찾아가는 신촌 S대에서 P는 조교님도 소개시켜주고, 청강 요령도 알려주는 등 물심양면으로 도움을 많이 줬다. 그래. 까짓 거 신림동 아니면 신촌이었다.

그리고 하숙집 막내딸도 있었다. 어쨌거나 이들의 도움이 없었다면 나는 아마도 일찌감치 짐을 쌌을지도 모를 일이었다.

공부하다 힘들고 기분전환이 필요하면 나는 하숙집 근처에 널려 있던 비디오방을 찾았다. 가까운 거리에 매우 저렴한 비디오방이 있었는데, 거기는 따로 방으로 격리된 게 아니라 손님들 사이에 커튼을 치고는 이어폰을 끼고 듣는 형태였다. 2000원이었다. 나는 거기서 많은 영화를 보면서 피로도 풀고 살아가는 힘을 얻기도 했다. 자메이카 썰매팀 얘기를 다룬 「쿨 러닝」을 보면서 나도 할 수 있을 거라고 주먹을 쥐던 밤이 생각난다.

하지만, 이 모든 것에도 불구하고 가끔은 너무 낯설고, 너무 외롭고, 너무 힘든 날들도 있었다. 무기력증에 빠져서는 디즈니의 1993년 개봉 영화 「쿨 러닝」의 포스터.
"Feel the Rythem!"을 외치던 유쾌한 젊은이들의 도전기는
내게 큰 힘을 불어넣었다.

하루종일 아무 것도 못하고 하숙방에 누워 있기만 한 적도 있었고, 전자오락실에 기분전환 삼아 잠시 들어갔다가 밥도 안 먹고 온종일 게임만 한 적도 있었다. 그런 날엔 인생이 참 한심해 보였고, 내가 무슨 영화를 볼 거라고 이 먼 곳에서 이 짓을 하고 있나 하는 자책에 괴로워했다.

신림동 S대 대학원 필기시험은 11월 중순에 있었다. 발표는 11월 말이었으며, 신촌 S대 시험은 12월 초였다. 그러니까 나는 신림동 S대 시험 결과에 따라 신촌 쪽으로는 시험을 안 봐도 되는 그런 상황이었다. 당연히 나는 시험을 한 번만 보게 되기를 간절히 바랐다.

정작 시험보는 날은 별다른 느낌이 없었다. 문제는 역시 기출문제의 범위를 벗어나지 않았고, 면접을 보는 교수님들도 별다른 것을 묻지 않았다.

신림동 S대 합격자 발표는 어느 비오는 날 저녁이었다. 공식적으로는 다음날 아침이었지만, 정문 앞에 방을 전날 밤에 미리 붙인다고 했다. 하루종일 아무 것도 할 수 없었다. 하숙집에서 저녁을 먹는데 아줌마가 미역국을 줬다. 잠시 망설이다 먹었다. 이미 결과는 나와 있는 것이다.

우산을 쓰고 삼각형 모양의 정문 앞에 가서 섰다. 벽보가 붙어 있었다. 내 수험번호와 이름은 없었다. 나는 덤덤히 내 이름이 붙어 있었어야 할 자리를 바라보고 서 있었다. 내 앞

번호와 내 뒷 번호 합격자 사이에는 어떤 틈새도 없었다. 이 철문 너머로 내가 들어갈 자리는 없었던 것이다.

서울에 처음 온 그날처럼

비가 내리고 있었다.

귀향

한동안 나는 낙방의 충격에서 벗어나지 못했다. 취약 과목인 수학도 없는 시험에서 떨어졌다는 게 자존심 상했고, 그동안 들인 노력이 너무 아까웠다. 정말 고3 때보다 더 열심히 했는데, 그럴 수는 없는 일이었다.

그래도 아직 완전히 끝난 것은 아니었다. 이럴 때를 대비해서 신촌 S대에 원서를 넣어둔 것이 아니던가. 비록 1주일에 이틀 정도만 할애해서 공부했던 터였지만, 그래도 우리 전공에서는 신촌 S대가 갖는 비중이 꽤나 큰 편이었다. 그리고 무엇보다 거기엔 P가 있었다. 그저 합격만 한다면 친구 따라 강남 가는 심정으로 재미나게 다닐 수 있을 것 같았다.

신촌에서 시험을 보고 나오던 그날, 나는 서울에 있는 지인들을 학교 앞 조그만 카페에 모아놓고 죽을 때까지 술을 마셨다. 기뻤고, 슬펐고, 행복했고, 불행했다. 시원했고, 갑갑했고, 후련하면서 아쉬웠다. 하숙집으로 돌아오던 버스에서 나는 내릴 곳을 그냥 지나쳐버렸다. 버스는 하숙집이 있는 화랑교 앞을 지나 신림동 S대의 삼각형 교문 앞을 돌아 나왔다. 안녕, 그동안 즐거웠단다. 나는 교문에 대고 인사를 했다. 얼치기로나마 저 문 안으로 들어가고 싶었고, 그들의 세상에 편입되고 싶었던 나는 그렇게 작별을 고할 수밖에 없었다.

이제 고향으로 내려가야 할 때였다. 신촌 S대의 합격여부를 떠나서 더 이상 신림동에 볼일은 없었다. 짧다면 짧은 3개월 반 동안 정들었던 사람들과 인사를 나눴다.

말 없던 룸메이트도 웃으며 내 손을 잡아줬고, A씨도 진심으로 이별을 서운해했다. 처음으로 내게 전라도 음식의 진수를 보여주고, 싫은 내색 한번 없이 이른 아침을 따로 차려줬으며, '단지 무난한 범주에 속하는 유일한 하숙생이었다는' 이유 하나만으로 내게 특별히 잘해주신 하숙집 아주머니는 끝내 내 손을 잡고 놓을 줄 몰랐다.

"학생은 잘 될 거예유, 틀림없이 잘 될 거예유!"

전북 사투리가 충청도 말과 비슷하다는 것도 그때 알았다.

올라올 때 끌고 왔던 큰 가방을 다시 끌고, 이불 보따리까지 옆에 들고는 무슨 난민의 행색으로 다시 기차를 탔다. 희망과 두려움을 안고 왔던 길을 이제는 어쩔 수 없는 회한과 추억의 무궁화호 객실 내부.

그래도 약간의 기대를 갖고 되짚어 내려가고 있었다. 늦여름, 땀에 젖어 왔던 서울을 한겨울에 떠나고 있었다.

무궁화호에 탑승해 내 자리를 찾아 앉았다.

그 순간, 나는 숨이 확 멎는 걸 느꼈다.

기막힌 미인이 내 옆자리에 앉아 있는 것이다. 내 나이쯤 되었을까, 검정색 투피스를 입고 있었는데 뽀얀 피부에 큰 눈망울을 가진, 감히 쳐다보기 어려운 미녀 그 자체였다. 게다가 짧은 치마 아래로 죽 뻗어 나온 미끈한 다리라니! 나는 잠시 눈을 감고 감사기도를 드렸다. 그동안 고생했다고 하느님께서 나를 위해 이런 선물을 주시다니. 땡큐 고자이마스, 하느님, 신촌 S대에 합격하면 꼭 성당을 나가겠습니다.

아무리 그래도 그렇지, 처음 앉자마자 안녕하세요, 어디까지 가세요, 아, 네, 그런데 참 이쁘시네요. 이럴 수는 없는 노릇이었다. 나는 짐짓 시치미를 떼고는 근엄한 표정으로 『스포츠서울』을 묵독하고 있었다. 다음 시즌을 준비하는 롯데는 투수진의 우세를 앞세워 정상 탈환을 노릴 기세였다. 타격도 그만하면 괜찮을 것 같았다. 잘 하고 있구나, 생각하고는 곁눈질로 그녀를 슬쩍 보았는데,

그녀는 잠들어 있었다.

피곤했나보군. 그렇게 생각하며 나는 잠든 그녀의 얼굴을 조금 여유를 가지고 감상했다. 아아, 하숙집 막내딸은 도저

히 따라올 수 없는 경지였다. 아니, 이럴 때가 아니지. 그녀가
잠든 사이에 나는 작업 준비를 해야 했다. 지나가는 홍익회
구루마를 스톱시켜서 음료수 두 개를 샀다. 내 작전은 심플
했다. 그녀가 잠에서 깨어나기를 기다려 음료수 캔을 내미는
거다. 그녀는 쑥스럽기도 하고 놀라기도 하겠지만, 잠에서 깬
직후라 목이 마를 것이므로 나의 성의를 거절하진 못할 것이
었다. 얼마나 지났을까, 그녀가 잠에서 깨어났다. 나는 얼른
작전을 수행했다. 저… 이것 좀 드셔 보세요.

　작전은 믿을 수 없을 만큼 성공적이었다. 내 예상대로 그
녀는 약간 수줍은 미소를 지으며 내가 내민 음료수 캔을 받
아든 것이다. 이제 일은 거의 다 된 거다. 약 5초 후에, "어디
까지 가세요?"를 시작으로 우리는 대화를 나누기 시작했다.
그녀는 경산까지 간다고 했다. 아아, 네에. 저는 부산이요. 집
이 부산이거든요.

　그때, 맑던 하늘이 어느 순간 흐려지더니 눈이 펑펑 내리
기 시작했다. 창밖의 설경이 너무 아름다웠다. 이거야말로 천
우신조였다. 한적한 열차에서 미녀와 함께 대화를 나누며 감
상하는 설경이라니. 내 생전 이런 감동적인 경험은 처음이었
다. 열차가 천안역에 도착했을 때, 눈은 절정을 이루고 있었
다. 약 3분간, 나는 아무 말 없이 창밖의 경치를 취한 듯 바
라보았다. 그리고 그녀에게 말을 건넸다.

"너무 아름답지 않아요?"

그녀는 아무 대답이 없었다.

그녀는 다시 잠들어 있었다.

그리고 단 한 번도 잠에서 깨어나지 않았다.

경산역에 도착함과 동시에 잠에서 깬 그녀는 입 주위를 한번 스윽 닦더니 안녕히 가시라는 한마디를 남기고는 그야말로 후다닥! 기차에서 내렸다.

나는 어찌나 허탈했는지 어디로든 증발해버리고 싶은 심정이었다. 짐칸 선반 위나 아니면 의자 밑으로든 간에 하여간 꺼져버리고 싶었다.

그렇게, 나의 신림동 시절은 막을 내렸다.

제2장

반지하의
제왕

다시 하숙으로

하느님이 보우하사, 나는 신촌 S대 대학원에 합격할 수 있었다. 사실 여기는 그렇게 준비를 많이 못했기 때문에 별로 기대를 하지 않고 있었다. 어쨌거나 덕분에 나는 2월의 어느 날, 서울로 다시 입성했다.

또 하숙을 잡아야 했다. 이때 도움을 준 사람이 내 모친 친구분의 아들, 그러니까 진정한 의미의 엄친아인 H였다. H는 신촌 S대에서 화학을 전공하고 있었다. 그는 두말 할 것 없이 자기가 살고 있는 하숙집으로 오라고 했다. 일단 학교와 가까워서 좋고, 나머지 환경도 나쁠 것 없다는 얘기였다. 형, 딴 데 가봤자 별로 좋지도 않아요. 이 근처에 하숙집도 많지 않고요. 그저 학교 가까운 게 최고라니까. 그냥 일루 오세요. H의 말이었다.

그러지 뭐, 아는 친구도 있는데다가, 하숙이 다 거기서 거기겠지 싶은 생각도 들었다. 하숙집을 미리 가 보지도 않고 전화로 구두 계약하고는 짐을 싸서 쭐레쭐레 올라갔다.

기분이 나쁘지 않았다. 지난해 여름, 미래에 대한 아무런 보장 없이 무작정 상경할 때에 비하면 지금은 천지차이인 것이다. 대학원생이라는, 확실한 신분을 갖게 된 나는, 비록 집안의 돈을 까먹으러 가는 것이지만, 나름대로 어깨에 힘을 줄 수 있었다. 이제 나의 앞길에 거칠 것은 없는 것 같았다. 공부도 열심히 해서는 내친 김에 확 유학이라도 가버릴까. 뭐이런 저런 생각을 하며 H가 알려준 하숙집에 도착했다.

학교랑 가깝다더니, 정말 가까웠다. 진짜로 학교 후문과 거의 붙어 있는 집이었다. 와아, 이 정도라면 수업시간 10분 전에 출발해도 늦지는 않을 터였다. 일단 맘에 들었다.

그런데, 맘에 든 건 딱 거기까지였다.

2인 1실이라는 방 크기를 보고 나는 경악했다. 한 마디로 독방으로 써도 넓다고 할 수 없는 방이었다. 그런 방을 두 명이서 쓰는데, 룸메이트와 필요 이상의 친밀도가 강요되는 그런 구조였던 거다.

도대체 짐들은 어디다 두고 사는지 궁금할 지경이었는데 또 그런 방에서 다들 나름대로 책상까지 두고 사는 걸 보면 기가 찰 노릇이었다. 그런 방이 2층 건물 내부에 다닥다닥 붙어 있었다. 그러니까 이 집은 애초에 하숙을 칠 목적으로 만들어진 것 같았다. 눈으로 죽 훑어봐도 방이 한 스무 개는 됐다.

이게 양계장이지 사람 사는 집인가.

나는 속으로 중얼거렸다. 졸지에 자기도 모르는 사이에 양계장 사장이 되어버린 주인아줌마가 내 뒤에서 쟁알거렸다.

"어찌, 방이 맘에 안 들어?"

안 들다마다.

"좀 넓은 방이 없을까요?"

"그럼 일루 와보셔."

아줌마는 현관을 나와서 마당으로 내려섰다. 그리고는 마당 한켠에 세워진 별채로 들어갔다. 나는 뒤따랐다.

거기엔 또 다른 세상이 펼쳐져 있었다. 우선 별채는 반지하 구조였다. 입구에 5개 정도의 계단이 있고, 그 계단을 내려서면 복도가 있었다. 복도 양편으로 역시 싸구려 여인숙 같은 구조로 방들이 배치되어 있었고, 복도의 끝에는 약간의 거실이랄까, 공터랄까, 뭐 그런 공간이 있었다. 거기엔 낡은 밥상 위에 손으로 채널을 돌리는 텔레비전이 하나 놓여 있었다. 컬러였다.

거기 방 하나가, 아니 정확히 말해서 방 반개가 빈다는 거다. 방문을 열어보니 일단 위층과 같이 협소하진 않았다. 반지하라 약간 어두웠지만, 전기세를 따로 받는 것은 아니니까, 불을 계속 켜두면 그다지 나쁠 것 같지도 않았다. 높다랗게, 자그마한 창문도 달려 있었다.

다른 대안이 없었다. 신촌의 다른 동네와는 달리 S대 인근엔 하숙집이 별로 없기도 했다. 낡은 양계장 같은 집이었지만, 그게 S대 학생들의 운명이려니, 나는 그렇게 생각하고 거기에 날개를 접기로 했다.

대충 짐을 정리하고, 바닥에 드러누웠다. 벽지에 곰팡이 자국이 눈에 들어왔다.

갑자기 신림동 그 방이 무척 그리워졌다. 비록 말 없는 룸메이트와 보낸 석 달이었지만, 그 방은 얼마나 밝고 넓고 쾌적했던가. 룸메도 A씨도 내가 나갈 때는 잘 가라고, 꼭 합격하라고 악수까지 해줬는데, 나는 왜 필요 이상으로 그들에게 냉정했던가. 무엇보다 나는 인정스러웠던 아줌마와 내게 잘해줬던 세 딸들이 보고 싶었다. 그러나 이제 신림동은 나와 상관없는 동네인 것이다. 나는 방안을 둘러보았다.

먼저 살고 있던 새 룸메이트의 간소한 소지품들이 보였다. 벽에 양복이 걸려 있는 걸로 보아 직장인인 것 같았다. 신림동 말 없는 그 사람이 생각나서 나는 조금 불안해졌다. 방 한켠에 어디선가 주워온 것으로 보이는 작은 수납장이 있었고, 그 위에 놓인 액자에는 예쁘장한 여인의 사진이 있었다.

어우, 괜찮네. 룸메이트의 여자친구인 것 같았다.

그날 밤, 룸메이트는 들어오지 않았다.

S형을 만나다

나는 다음날부터 하숙집 사람들과 인사를 트기 시작했다. 지상층의 그 좁아터진 방들에는 주로 막 대학생활을 시작하는 친구들을 비롯해 학부생들이 터를 잡고 있었다. 내 나이 또래의 예비역들도 있긴 했지만, 대부분은 스무 살에서 스물두 살까지의 풋풋한 학생들이었다.

내가 살게 된 반지하 골방들에는 주로 노땅들이 서식하고 있었다. 가장 큰 형님은 거의 마흔을 바라보는 나이였으며, 20대 말에서 30대 초가 주류를 이루고 있었다. 회사를 다니거나, 회사를 다니기 위해 공부하는 사람들이었다. 간혹 나와 같은 대학원생이나 학부 4학년생들도 섞여 있었다.

그들을 모두 합쳐놓으니 하숙생의 숫자는 실로 어마어마했다. 대충 어림잡아도 한 60, 70명은 되는 듯했다. 하숙생이라고 다 합쳐야 떨렁 3명에 불과했던 신림동 시절과 비교한다면 이건 하나의 기업이었다. 이 사람들이 두당 20만 원 넘는 하숙비를 지불하고 있었으니, 하숙집 아줌마의 매출은 대단한 것이었다.

룸메이트는 다음날도 들어오지 않았다. 어디 여행을 갔나 했다. 그런데, 옆방 하숙생이 한마디 해 줬다. 그 친구, 요새 열애중이라… 그러니까 여자 친구랑 같이 지내고 있다는 얘기였다. 나는 사진 속 그 여자를 생각하며 마른침을 삼켰다.

사흘째 되는 날, 드디어 룸메이트를 알현할 수 있었다. S형은 나보다 네 살이 많았다. 나처럼 지방 국립대를 졸업하고 중소기업에 다닌다고 했다. 잘 생긴, 호남형의 사람이었다. 성격도 시원시원하고 맺힌 데가 없어 보였다. 최소한 신림동 시절 만났던 사람들과는 달랐다. 곧 우리는 형 동생을 먹었고, 바로 소주를 한잔 했다. S형도 내가 그런대로 맘에 드는 모양이었다.

며칠 동안 어디 있었냐는, 내 물음에 대해 시원시원하게, 형은 여자 친구 집에 있었노라고 대답해주었다. 여자 친구는 같은 고향 출신의 여대생인데, 고향 내려가는 고속버스 옆자리에 앉은 인연으로 알게 되었다고 했다. 순간, 기차 안에서 만난, 잠만 쿨쿨 자던 아름다운 그녀가 잠시 떠올랐다가 사라졌다. 되는 사람은 되게 마련이다.

돈가스는 일본과 돼지고기를 사랑하던 S형을 대변하는 음식이다.
요즘도 돈가스를 먹을 때마다 S형 생각이 난다.

우리는 계속해서 서로의 인구학적 정보와, 살아온 길과, 취미와, 취향들을 공유하기 시작했다. S형은 일본어에 놀랄 만큼 능통해 있었다. 일본 유학 경험도 있었고, 일본 정치가들을 증오하면서도 일본 문화를 무척 사랑했다. 또한 돼지고기를 좋아해서 일본과 돼지고기의 접점인 돈가스가 형을 반쯤은 대변하고 있다고 봐도 큰 무리가 없었다. 형이 제일 좋아하는 음식이 바로 돈가스였다. 그날 이후 수없이 반복된 우리 둘의 술자리에서 가장 사랑받았던 메뉴 역시 돈가스였다. 형은 조금은 뻑뻑할 법한 돈가스를 소주와 함께 잘도 먹었다. 요즘도 돈가스를 보면 S형이 떠오른다.

게다가 우리를 급속도로 친하게 한 가장 중요한 요소는 바로 둘 다 못 말리는 야구팬이었다는 점이었다. 나야 지금도 그러하듯 열혈 롯데 팬이었고, 형은 또한 고향 팀의 대단한 팬이었다. 우리는 서로서로 조심스럽게, 자기 팀 자랑도 하고, 상대팀 칭찬도 하고 그랬다. 그러면서 서로의 팀을 자기가 두 번째로 좋아하는 팀의 반열에 자연스럽게 올려주는 센스도 발휘했다. 근거 없는 상대팀 비방은 꾼들 사이에선 자살행위였다.

그날 밤, 우리는 참 많은 얘기를 나눴다. 처음 만난 사이였지만, 뭐 그리 할 말이 많았을까 싶다. 신림동의 말 없는 룸메이트에 한이 맺혀서일까, 나는 지난 세월을 보상받기라도 할

기세로 덤벼들었다. 모닥불도 피우지 않았는데 우리의 이야기는 끝이 없었다. 우리는 자식을 낳으면 절대로 지방 국립대 따위는 보내지 말자는 그런 얘기도 했다. 정치 얘기도 했던 것 같다.

그래도 그날 대화의 대부분은 야구 얘기와 그리고 여자 얘기였다. 특히 S형의 연애 스토리가 나오면서 분위기는 불을 뿜기 시작했다. 나는 믿을 수 없다는 표정으로 형의 얘기를 듣고 있었다. S형은 연애에 관한 한, 타의 추종을 불허하는 카사노바였던 것이다.

나도 명함이 있었으면

S형에게는 여자가 무척 많았다. 우리가 처음 만난 그때에도 아름다운 연애를 하고 있었지만, 형에게는 많은 형태의 여자 친구가 항상 존재했다. 게다가 나이트며 카바레는 물론이고 무슨 호프집에서, 기차 안에서, 길을 가다가 등등, 형은 어디서건 아름다운 여인을 보면 어떻게든 작업을 걸었고, 놀랍게도 매우 높은 성공률을 자랑했다. 우리가 처음 만나 소주를 걸친 그날 이후 형은 계속 나에게 성공의 노하우를 자랑했고, 그걸 전수하려고 노력도 했다. 몇 가지만 소개하자면 아래와 같다.

우선 길거리나 공공장소 또는 각종 교통수단에서 우연히 본 여자가 맘에 들었다 치자. 그러면 정중히 접근해서는 예의 바르게 자기를 소개하고, 사실은 아까부터 댁을 봤는데 호감이 갔다는 식의 멘트를 날린 다음, 명함을 건네면서 혹시 마음이 있으시면 연락 주시죠 하고는, 뒤도 안 돌아보고 사라진다고 했다. 그게 포인트였다. 절대로 말을 많이 하지 말 것. 명함을 건넨 다음엔 뒤도 돌아보지 말 것.

그러고 나면 신기하게도 그녀들한테서는 연락이 왔다. 나는 처음에 형이 뻥을 친다고 생각했으나, 실제로 하숙방 전화벨이 울리는 데야 할 말이 없었다. 나는 어이없게도

'나도 명함이 있었으면'

하고 생각하기도 했다. 결국 명함이 뽀대가 나는 것이다. 실컷 작업 걸고는 구겨진 메모지 쪼가리랑 볼펜 꺼내서 잠깐만요 이게 제 연락천데요, 하는 것 보다 요럴 때 슬쩍 건네는 하이얀 명함. 이거 얼마나 폼나냐 이거다. 아직 학생이라 명함이 없었고, 요즘처럼 핸드폰도 없던 시절의 나는 그렇게도 명함이 있는 형이 부러웠다.

그러나 나는 몰랐지. 중요한 건 명함이 아니었지. 내가 명함을 수백 장 살포하고 다닌다 하더라도 내게는 다시 연락을 할 여자가 없었을 터였다. 똑같이 미인이 옆에 앉은 버스나 기차에서도 형은 옆자리 여자를 애인으로 만들어버리는 반면, 내 옆에 앉은 미녀는 쿨쿨 잠이나 자는 것이다. 나는 S형의 화려한 편력을 지켜보며 도대체 이 차이는 어디에서 오는 것일까 항상 생각했다. 물론 카리스마나 매력의 절대치에

서 차이가 있는 건 분명했다. 형은 시원시원하고 호방한 싸나이였고 나는 예나 지금이나 소심하기 이를 데 없는 샌님이었으니까. 그런데, 뭐 그렇다고 해서, 내가 그렇게까지 형편없는 인간은 또 아닐 것이었다. 그렇다면 그것은 도대체 뭐였을까.

팔자였다. 한마디로 그랬다. S형에게는 여자가 붙는 게 팔자이자 운명 같은 거였다. 물론 S형이 호감 가는 인상의 소유자이긴 했지만 그렇게 돈이 많다거나 아니면 무슨 제비처럼 세련된 옷차림을 하고 다니는 법도 없었다. 그저 수수하고 털털한 이웃집 총각이었다. 게다가 위에 소개한 작업 방법도 그렇고, 다음에 나오는 방법도 하나같이 참 진부하고 낡은 수법이며, 특별할 거라곤 없었다. 그런데도 계속 성공하는 걸 보면 그건 팔자라고밖에 달리 표현할 길이 없다.

명함 말고 두 번째 방법은 호프집, 소주집, 기타 대중음식점 형태의 업소에서 적용되는 초식이었다.

우선, 대상을 포착한 다음 만일 합석을 했을 경우 우리와 그녀들이 같이 앉을 수 있는 스페이스가 되는지부터 파악한다. 대부분의 경우 4인용 테이블에 우리도 두 명, 그녀들도 두 명인 경우가 많으므로 공간적 문제가 되는 경우는 거의 없다.

다음으로, 그녀들이 먹고 마시는 주류와 안주의 종류를 파악한다. 호프집이라고 치자. 그녀들이 생맥주 한잔씩 놓고 오징어나 먹고 있었다고 치자. 그러면 즉시 웨이터를 불러 그 테이블에 골뱅이 무침이나 돈가스 따위의 안주 하나를 갖다 달라고 주문한다.

이윽고 안주가 도착하면, 당연히 그녀들은 놀란다. 그러면 웨이터는 저 쪽에 계신 분들이… 하면서 우리 쪽을 가리킬 것이다. 그녀들의 시선이 우리 쪽을 향할 때, 우리는, 아니 S형은 슬쩍 미소를 쪼개며 가볍게 오른손을 귀 높이 정도까지 들어주신다. 우아하게. 이때, 쳐든 손을 살짝 두세 번 정도 흔들어줘도 무방하다.

그리고는 다시 생깐다. 그 즉시 움직이는 건 아마추어나 하는 짓이라고 그랬다. 만일 여자들이 우리가 맘에 안 들거나 바쁜 일이 있다거나 그러면 안주를 받지 않고 되돌려보낼 거다. 그래도 손해볼 것은 없다. 그거 우리가 먹으면 되니까. 그렇지 않고 별 거부반응이 없다, 이러면 약 2분 뒤 그 테이블로 간다. 가서는 아, 두 분이 너무 아름다우셔서 저희가 사는 겁니다, 등등의 하여간 그런 느끼한 멘트를 날린다고 했다. 그리고 뒤이어서 혹시 괜찮으시면 저희랑 같이 한잔 하시죠. 이러면 된다. 만일 일이 잘 되려면 그런 말을 꺼내기도 전에 여자들이 다음과 같이 말한다고 그랬다.

"이걸 우리가 어떻게 다 먹어요?"

우하핫, 그러면 일은 끝난 거다. 그 다음엔 더 말할 것도

없이 더불어 즐겁게 놀아주시면 되는 거다. 그렇게 밤은 깊어
가고, 사랑도 깊어가고 그러는 거라고 했다. 나는 그저 놀라
울 따름이었다.

점화식

그렇고 그런 시시한, 그러나 당시로서는 무척 놀라웠던 작업 기술 같은 것을 가르치고 배우면서 나와 S형은 어느새 둘도 없는 사이로 발전하고 있었다. 형과 나는 무척 잘 맞았다. 네 살의 나이차가 있었지만 문제가 되지 않았다. 원래 나이 많다고 무조건 존경하고 하는 따위를 무척 싫어하는 나의 시건방을 형은 잘 받아주고 다독거려줬으며, 나는 그런 형이 또 존경스럽고 좋았다.

그 즈음, 형은 여자 친구와의 짧은 연애를 끝내고 있었다. 무슨 사정이 있었는지는 말하지 않았지만 그리 좋은 상태가 아닌 것은 분명했다. 나는 별로 걱정하지 않았다. 형은 명함의 달인이니까. 그래도 여자 친구를 사귀고 있을 때는 다른 여자에게 눈길을 돌리는 법이 없는 S형이었다.

하여간 그런 연유로 우리는 점점 같이 보내는 시간이 많아졌다. 밤마다 하숙집을 나가서는 돈가스를 안주삼아 소주를 먹거나, 땅콩과 맥주를 사와서 방에 벌여놓고 먹고는 했다. 그러면서 그놈의 야구 얘기, 여자 얘기, 일본 얘기 등등을 지칠 줄 모르고 나눴다. 같이 반지하를 공유하는 다른 방 사람들과도 스스럼없이 잘 지냈지만, 룸메이트끼리의 찰떡궁합에 비교할 수는 없었다.

이윽고 모든 음주와 잡담이 끝나고 잠자리에 들 때, 우리는 모든 불을 끄고 깜깜한 상태에서 담배를 한 대씩 피우고 잠이 드는 습관이 있었다. 깜깜한 방 안에서 반딧불처럼 빛나는 담뱃불은 참으로 아늑한 느낌을 줬다.

"야, 이렇게 담배 한 대 피우고 자니까 좋지 않냐?"

"아 진짜 좋아요. 분위기 끝내주네."

"우리 이거 뭐 이름 하나 붙이자. 점화식 어떠냐 점화식?"

그래서 우리는 매일 매일 자기 직전에 점화식을 거행했다. 어두운 방안에서 환하게 타오르는 담뱃불은 우리를 강고하게 결속시켜 주었다. 점화식이 끝나면 머리맡 재떨이에 담배를 비벼 끄고는 잠을 청했다. S형은 신기하게도 베개에 머리를 대는 순간 바로 잠이 들었다. 점화식 끝! 하자마자 바로 잠이 드는 형이 무척 이상했지만, 나는 그저 회사를 다니니까 피곤한가 보다 하는 정도로 생각했다.

그렇게 우리는 항상 붙어 다녔다. 형은 퇴근하면 친구들과 어울리는 일도 별로 없이 곧장 하숙집으로 돌아와 나랑 놀았고, 나 역시 특별한 일이 없는 한 매일 저녁 형과 야구 중계를 보거나 술을 마시는 게 일이었다. S형과 내 사이를 방해하는 건 없었다. 매일 밤 하숙집 반지하방에는 점화식의 불꽃이 타올랐다. 나는 어딜 가나 우리 룸메이트 얘기만 했다. 우리 방은 하숙집에서도 금슬 좋은 잉꼬방으로 통했고, 급기야 학교에서는 내가 룸메이트랑 사귄다는 소문까지 떠돌았다.

　그러거나 말았거나,

　여름이 오고 있었다.

여행을 떠나요

반지하방의 특징은 일단 어둡고, 서늘하다는 것이다. 공기 중엔 알 듯 말듯 우울한 기운이 떠돌고 있었는데, 그것은 바로 습기였다. 지금까지의 설명을 한 단어로 음습陰濕이라고 규정할 수 있겠다. 그렇다. 우리 방은 음습 그 자체였다.

음습한 우리 방에서 가장 잘 할 수 있는 일이란 잠자기였다. 희한하게도 우리 방에선 잠이 잘 왔다. 바깥에서 밝은 햇살 아래 뛰놀며 마음껏 태양에너지를 받아들이다가도 방에만 딱 들어오면 몸이 노곤해지면서, 사우론의 시뻘건 눈길을 받은 프로도처럼 고만 매가리가 탁 풀리고 마는 것이었다. 내 방을 방문한 손님들은 그렇게 말했다. 야, 방이 그래도 여긴 좀 넓네. 뭐 괜찮다야. 그런데 왜 이리 졸리냐.

그렇지만 그건 빙산의 끄트머리일 뿐이었다. 6월 말, 장마철이 시작되자 공기 중에 부유하던 습기는 이제 분명히 자신의 실체를 드러내고 있었다. 비가 며칠 계속 내리자 엄청난 습기가 '텍사스 소떼처럼' 몰려오기 시작했다. 하숙집 반지하는 그냥 물속에 잠긴 듯했다. 자고 일어나서 이불 밑에 손을 넣어보면 물이 흥건했다. 그저 눅눅하고 축축한 정도가 아니라 컵에서 쏟아낸 듯 물이 철벅철벅 흘렀다. 미친 습기는 곰팡이를 동반했다. 방 안 여기저기에 저승꽃 피듯 곰팡이들이 창궐했다. 바지를 하루 입고 벽에 걸어놓으면 다음 날 바지 곳곳에 곰팡이가 좍 슬어 있었다.

우리는 패닉 상태에 빠졌다. 잠시라도 여기를 피해 있고 싶었다.

"형, 이게 뭐죠? 우리 어떻게 살아요?"

"그러게 말이다. 무슨 습기가 이렇게 심하냐 그래."

"아아, 난 더 이상 못 견뎌요. 어떻게 좀 해봐요. 여기 더 있다간 미칠 것 같아요. 바지에 곰팡이 슨 것 좀 봐요."

"야, 너 방학했지? 우리 여행이라도 갈까?"

그래, 여행을 떠나자. 형과 나는 여느 때처럼 의기투합했다.

처음엔 야심차게 일본행을 계획했다. 비행기 예약까지 했다. 그러나 마지막 순간 가이드 및 숙식제공 등을 담당하기

로 했던 S형의 일본 현지 친구가 급한 일이 생기는 바람에
이 계획은 물거품이 되었다.

그래서 우리는 국내여행 쪽으로 방향을 틀었다. 코스는 간
단히 나왔다. 우선 춘천에 가서 닭갈비를 좀 먹어준 뒤 진로
를 남쪽으로 돌려서 S형의 고향 동네로 간다. 그리고는 서울
로 돌아오는 도중에 용인 에버랜드를 한번 들러준다는, 그런
참신한 코스였다. 우리는 성공적인 여행을 예감하며 점화식
을 거행했다.

장마가 아직은 완전히 끝나지 않은 7월 하순, 우리는 떠났
다. 난생 처음 와보는 춘천은 아담하고 예뻤다. 우선 청평사
에 가야한다는 S형의 안내에 따라 배를 타고 소양호를 건너
기로 했다.

소양호는 꽤나 넓었다. 장마철이라 날은 흐리고 비가 오려
고 했지만, 바람이 시원했다. 형과 나는 괜히 들떠서 호수의
경치도 보고, 카메라로 서로의 모습을 찍어주기도 했다. 형형,
우리 같이 한번 찍어야죠. 가만있어봐. 누구한테 부탁하지?

두리번거리던 우리 시야에 어떤 여자가 들어왔다. 중키에
약간 통통한 체격의 그녀는 긴 생머리를 날리며 혼자 호수의
경치를 감상하고 있었다.

그녀는 우리를 찍어줬다.

우리도 그녀를 찍어줬다.

그리고, S형은 그녀를 찍었다.

청평사로 가는 길에서 우리는 대화를 나눴다. 그녀는 춘천에서 또 조금 떨어진 화천에 산다고 했다. 그 날은 운전면허 시험을 치르느라 직장에 나가지 않았다고 했다. 실기시험인데 떨어지고 해서 속도 상하고 시간도 남아 춘천에 혼자 놀러 왔으며, 이제 곧 집이 있는 화천으로 돌아갈 거라고, 비가 오는 청평사 인근 전집에서 막걸리를 마시며 그녀가 얘기했다.

졸지에, 그날 우리는 화천까지 따라갔다. 나는 여태껏 화천이 어디에 붙어 있는지도 몰랐다. 춘천에서 닭갈비를 먹어 주겠다는 계획은 너무나 당연히 수정되어야 했다. 화천 읍내에서 우리 세 사람은 또 술을 한잔 마셨다. 1990년대 중반의 화천은, 한산하고 조용한 곳이었다. 그녀는 집으로 돌아갔고, 우리는 장급 여관에 짐을 풀었다.

여행의 시작이었다.

재미있었다.

이걸 우리가 어떻게 다 먹어요

다음 날, 그녀는 출근해야 했으므로 우리는 화천을 떠났다. 거기서 더 할 일은 없었다. 계획에 없는 일탈은 그 정도면 족했다. 우리는 예정된 코스를 따라 여행을 계속했다. 다음 목적지는 S형 고향 근처에 있는 산이었다. 형은 등산하고 싶어 하는 눈치였지만, 나는 단호히 거부했다. 아니 도대체가 다시 내려올 산을 왜 올라가야 한단 말인가. 그것도 이 장마철에. 형은 잠시 생각해보더니 그도 그렇다며, 등산로 초입의 감자전 집에서 막걸리나 한잔 하자고 했다.

평일 오후의 막걸리집은 한산했다. 공기는 맑고 전은 고소했다. 여기 좋구나. 거봐요. 힘들게 올라가는 것보단 이게 낫죠. 이러면서 우리는 막걸리를 주거니 받거니 했다.

저쪽 테이블에 앉아 있던 한 무리의 미시족 아줌마들이

아무래도 아까부터 우리를 슬쩍슬쩍 훔쳐보는 것 같은 느낌이 들었다. 30대 초반 정도의 매우 젊은 누님들이었지만, 그중 몇 명은 자녀 동반이었다. 시간이 지나면서 의혹은 확신이 되었다. 신경이 쓰여서 술이 콧구멍으로 들어갈 지경이었다. 분명히 나를 쳐다보는 것은 아닐 터였다. S형이 없으면 일어나지 않을 일이었을 거라고 나는 지금도 확신한다.

"아니 형, 지금 저 아줌마들이 왜 우리를 자꾸 쳐다보는 거유? 네?"

"야, 어떡할래? 아무래도 심상찮은데?"

아니 어떡하긴 뭘 어떡하시냐고 막 말하려던 참에 아줌마 일행 중 한 명의 자제분으로 추정되는 꼬마가 잠자리를 잡는다고 우리 테이블 쪽으로 다가왔다. 그 뒤를 따라 검정색 하늘하늘한 원피스를 입은 누님 한 분이 달려왔다.

"아유, 얘는 왜 잠자리를 여기서 잡아~"

"엄마, 여기 잠자리 많아."

"아유, 얘는 이모한테 왜 엄마래니? 아니 근데 총각들, 우리… 조카 땜에 방해되셨죠? 미안해서 그러는데 저희랑 같이 드시면 안될까나?"

아니 그게 말이나 되는 소리냐고 생각하려는데, 어느새 우리는 합석을 하고 있었다.

S형이 내 귀에 대고 말했다.

"잘만 하면 낼 아침 해장국도 얻어먹겠다야."

미쳤냐고! 이번엔 내가 정말로 역정을 냈다.

그때는 나도 스물다섯이었던 거다. 정말 하나도 즐겁지 않았다.

아쉬워하는 아줌마들을 보내고 나니 해가 뉘엿뉘엿 지고 있었다. 산을 내려오자 형은 어디 좀 화려한 동네에 가서 삼겹살에 소주나 먹자고 했다. 하긴 여행을 떠난 이후로 계속 촌구석으로만 돌아다녔다. 아무런 대책도 없었지만, 그저 좀 젊은이들이 많은 곳을 가보고 싶었다. 무엇보다 나는 그 아줌마들 때문에 적지 않은 내상을 입었던 터였다. 빨리 그 끈적한 눈빛들을 털어내고 싶었다. 대학가로 향했다.

삼겹살은 맛이 있었다. 역설적이게도 기름진 삼겹살을 포식하고 나자 이제 좀 속이 진정되는 느낌이었다. 기분 좋게 호프집으로 향했다. 맥주를 시켜 마시는데, 형이 말했다.

"저기 저 테이블에 앉은 아가씨들 보이냐? 두 명?"

"네, 보여요. 왜요?"

"괜찮지 않냐?"

"…나쁘진 않네."

"내가 가르쳐준 거 기억하니?"

그래서 우리는 그쪽 테이블에 돈가스 안주를 하나 보냈다. 그 다음부터는 나보고 해보라는 거였다. 어쩔 수 없이, 나는 웨이터가 "저 쪽 분들이 보내셨는데요"를 하는 순간, 오른손을 귀 높이까지 쳐들고는 두어 번 흔들어줬다. 이렇게 하는 거 맞냐고 했더니 S형은 잘 했다면서 이제 당분간 그쪽은 쳐다보지도 말라고 했다. 아니 이렇게 쪽팔린 걸 어떻게 형은 그렇게 맨날 잘도 하는 거유? 야야, 그것도 자꾸 하면 는다, 너. 그리고 정확히 3분 뒤, 나는 그녀들 테이블로 갔다. 후들거리는 다리를 진정시키며 막 뭐라 하려던 참에, 그녀들 중 한 명이 이렇게 말했다.

"이걸 저희가 어떻게 다 먹으라구요."

아아, 정말 이게 되는구나.

나는 눈물이 날 것 같았다.

가을은 야구의 계절

여행에서 돌아온 우리는 사진을 인화해서 나눠 가졌다. 화천에서 만난 그녀의 사진도 있었다. 사진을 들여다 보던 형이 갑자기 물었다.

"야, 너… 얘 맘에 있냐?"

"아니요. 아가씨는 참하고 괜찮드만, 내 스타일은 아닌데요. 화천은 또 너무 멀고."

"그럼 내가 사귀어볼까? 이의 없지?"

이의가 있을 턱이 없었다. S형은 그 다음 주말 그녀에게 사진을 전달한다는 핑계로 화천행 버스에 몸을 실었다. 그 다음 주말도, 그 다음 다음 주말도, 형은 화천에 갔다. 차비도 깨지고, 몸도 힘들어했지만 뭐가 좋은지 싱글벙글이었다.

그해 여름은 그렇게 끝이 났다. 내 생전 처음 겪는 지독한 습기와, 처음 가보는 춘천 소양호의 물결과, 가 봤을 리 없는 화천의 호젓함과, 등산로 초입 감자전과, 돈가스 양이 많아서 곤란을 겪던 사람들을 도와준 아름다운 추억을 뒤로 하고 이제 계절은 가을로 치닫고 있었다.

가을은 야구의 계절이었다. 물론 선택받은 몇 개 팀만의 계절이긴 했다. 가을 야구야말로 한 시즌을 숨 가쁘게 달려 온 각 팀의 1차 목표인 것이며, 그야말로 건곤일척의 단기전 한 판 승부인 것이다.

그리고 바로 그해, 챔피언을 가리는 한국시리즈에 진출한 두 팀은 바로 롯데 자이언츠와 OB 베어스였다. 지금으로서는 도저히 상상도 하기 어려운 일이지만, 그때 롯데는 나름 탄탄한 전력을 자랑하고 있었다. 그래도 정규시즌 성적은 3위에 불과해 플레이오프를 거쳐야 했다. LG와 맞붙은 플레이오프에서 롯데 포수 강성우는 상대 에이스 이상훈을 끝내기 홈런으로 두들겨줬고, 주형광은 마지막 경기에서 2안타 완봉승을 거뒀다. 롯데는 사기가 충천해 있었다.

당연히 나는 제정신이 아니었다. 공부고 뭐고 관심 밖이었다. 한국시리즈로 향해 가는 하루하루가 마치 구름 위를 밟는 것처럼 비현실적이었다. 비록 자기가 응원하는 팀은 가을 야구를 해보지도 못하고 탈락했지만, 야구 자체를 너무나 사랑하는 S형도 한시적인 롯데 팬이 되겠다고 선언하고는 나와 같이 응원 대열에 합류했다. 고마운 나머지 나는 롯데가 우승만 하면 한 달 알바비를 다 털어서 근사하게 한 턱을 내겠다고 다짐했다. 형은 말로만 그러지 말고 문서를 하나 쓰라고 했고, 나는 공증이라도 받자고 응수했다.

롯데 우승 시 한 달 알바비에 준하는 한 턱을 내겠다는 나의 자필 서약서를 물끄러미 보던 S형은, 이럴 때가 아니지 하고는 잠시 어디를 갔다 오겠다고 했다. 약 1시간 만에 돌아온 형의 손에는 놀랍게도 14인치 중고 텔레비전이 하나 들려 있었다. 로터리 식으로 드드득 채널을 돌려야 하는 구형이었다. 형은 거금 5만원을 투자했다고 그랬다.

그때까지 우리는 텔레비전을 보자면 복도 끝에 마련된 공동시청구역에서 반지하 다른 방 식구들과 함께 시청해야 하는 형편이었다. 물론 그것도 나름 재미는 있었지만, 내가 보고 싶은 채널을 맘대로 볼 수는 없었고, 무엇보다 거기 놓인 TV는 너무 낡아서 제대로 나오지도 않았다. 그런데 이제 우리도 어엿한 개인 텔레비전을 갖게 된 거다. 나는 뭐 이리 훌륭한 사람이 있나 싶었다. 자기 팀 경기도 아닌데 이래도 되는 건가 말이다.

더 놀라운 일은 한국시리즈가 시작된 이후부터 일어났다. 아무리 칼퇴근을 해도 7시 반은 돼야 들어오던 S형이 경기가 있는 날은 6시 정각에 하숙방에 나타나는 거였다. 아니 형,

조퇴라도 한 거유? 하자 외근 나간다고 뻥치고 온 거라는 대답이 돌아왔다. 처음 한 번이 아니라 경기가 있는 내내 형의 가짜 외근은 지속되었다. 진정 야구에 영혼을 팔아먹은 사람은 따로 있었던 거다.

한국시리즈는 명승부 중의 명승부였다. 롯데는 윤학길, 주형광, 김경환으로 이어지는 특급 마운드에 박정태, 마해영, 임수혁의 타선이 불을 뿜었지만 페넌트 레이스 1위 OB는 역시 강했다. 김상진, 권명철의 원투 펀치에다 김상호, 김태형 등이 분전을 거듭했다. 당연히 매 경기가 불을 튀겼다. 한 게임도 그냥 일방적으로 끝나는 법이 없었고, 역전에 역전을 거듭했다.

나는 경기를 보면서 계속 함성을 지르고, 미친 듯이 뒹굴기도 하고, 줄담배를 피웠으며, 앉았다 일어섰다를 반복하기도 했다. 수명이 한 5년은 줄어든 것 같았다. S형도 덩달아 성심성의껏 롯데를 외쳤다.

경기가 끝나면 나는 탈진상태에 빠졌다. 이긴 날이고 진날이고 간에 바닥에 드러누워 일어나질 못했다. 그런 나를 형은 질질 끌다시피 부축하고 나가서 소주를 먹여줬다. 소주를 먹으면 조금 제정신이 돌아왔다.

그런 난리통에 롯데는 어느덧 3승 2패로 앞서 있었다. 이제 한 게임만 더 이기면 대망의 우승이었다. 순간, 살짜쿵 본

전 생각이 났다. 아 씨, 한 달 알바비면 물경 20만원인데, 그럼 난 뭘 먹고 산다냐.

그런데, 그게 부정을 탔던 것일까.

롯데는 남은 두 게임을 내리 지고 말았다. 일요일 벌어진 마지막 7차전에서 우리의 에이스 '고독한 황태자' 윤학길은 초반 난조로 난타 당했고, 결국 롯데는 4:2로 패했다. 마지막 타자 손동일이 주자를 둘이나 둔 상태에서 땅볼로 물러나며 게임이 끝났다. 나는 모든 게 끝났다는 현실을 받아들이기 어려워 그저 멍하니 텔레비전을 바라볼 뿐이었다.

"…소주나 먹죠."

"…돈가스 어떠냐."

둘은 어깨동무를 하고 술집으로 갔다. 돈가스는 내가 냈다.

형이 고마웠다.

S형, 떠나다

어느덧 한해가 저물고 있었다. 나는 그냥 설렁설렁 학교를 다니다가, 또 방학이 되면 놀고 그랬다. 반면 S형은 여러 가지로 어려움을 겪고 있었다.

우선 화천 아가씨와 잘 되어가는 것 같지 않았다. 슬슬 결혼을 생각하는 S형과 달리 그녀는 아직 그럴 준비가 되어 있지 않았다. 화천에 다녀와서 낙담하는 S형의 얼굴을 보기가 민망할 정도였다. 차츰 화천행 빈도가 줄어들었다.

더 큰 문제는 회사 생활이었다. S형은 평소에도 지금 다니는 회사를 탐탁지 않아 했다. 우선 보수가 적었고, 잡스런 일들이 많았다. 같이 일하는 사람들과도 잘 맞지 않아서 힘들다고 했다. 자기 사업을 하기 전에 일을 배우자고 들어간 회사였지만, 어쨌거나 본인의 이상과 많은 차이가 있었던 건 사실인 듯했다.

그러다가 결정적으로 지난번 한국시리즈 기간에 형은 회사에서 확실히 찍혔다. 그도 그럴 것이 한 일주일 정도를 계속해서 맘대로 조퇴를 해버린 것이니, 무사할 리가 없었다. 외근 핑계도 한두 번이지, 회사 사람들도 바보가 아닌 담에야 그런 형을 좋아할 수 없었던 거다. 공공연히 퇴출 얘기가 나오는 것 같았다. 형도 완전히 회사에서 마음이 떠난 듯했다. 야, 난 출근하면서 회사 건물이 눈에 들어오면 그냥 도망쳐 나오고 싶어. 어느 날 소주를 마시며 형은 그렇게 말했다.

나는 괜히 미안했다. 자기 팀도 아닌 롯데 경기 보느라 회사에서 잘릴 위기에 처하다니, 형은 정말 바보 같았다. 그러면서 한편으로 만일 야구 때문에 잘린다면 이 무슨 야구 역사에 남을 코미디 같은 일인가. 뭐 이런 생각을 안 한 것도 아니었다.

결국 형은 이듬해 봄, 스스로 회사를 나오고 말았다. 오래 버텼다고, 이제 좀 더 근사한 직장을 찾아야겠다면서 형은 웃었다. 조금 쉬다가 S형은 여러 군데 이력서를 넣는 듯했다. 그런데 어쨌거나 그동안은 실업자였다. 반지하 하숙방에 하루 종일 누워 뒹구는 형을 보자니 나도 한숨이 나왔다. 그렇다고 어딜 갈 수도 없었다. 지원한 회사에서 연락이 올 수도 있는 거니까. 다시 말하지만 그때는 핸드폰이 대중화되지 않았던 때였다.(형은 삐삐도 없었다.) 하루종일 컴컴한 방에 누워 뒹굴면서도 형은 머리맡 전화기에 온 신경을 쓰고 있는 것 같았다. 그리고 기업의 근무시간이 끝나는 저녁이 되면 형도 나름대로 하루의 근무를 끝내고는 학교에서 돌아오는 나를 기다렸다가 소주를 먹으러 가곤 했다.

그렇게 몇 달이 지난 뒤, 드디어 S형은 낙향을 선언했다.

더 이상은 버티기 어렵다. 취직자리는 계속 구해보겠지만 일단 짐을 싸서 고향에 내려 갈란다. 너랑 같이 지내지 못하는 게 아쉽지만 어쩔 수 없잖냐. 다시 올라올 테니 그때 보자. 형의 말이었다.

나는 슬펐지만, 그렇다고 형을 붙잡을 수도 없었다. 그날 밤 늦게까지 술을 마셨다. 형은 나를 가족처럼 생각한다고, 내 손을 잡고 얘기했다. 눈물이 날 것 같았지만, 나는 웃었다. 그래야 형이 슬프지 않을 것 같았다. 우리는 또 야구 얘기, 여자 얘기를 막 했다. 점화식을 하고 잠자리에 들었다. 형은 또 머리가 베개에 닿자마자 잠이 들었다. 나는 그런 형의 얼굴을 한참 들여다보았다. 저 사람이 없어지면 내가 이 반지하의 습기를 이겨낼 수 있을까. 자신이 없었다.

다음날, 하숙집 아줌마는 발 빠르게도 새 룸메이트를 내 방에 데리고 왔다. 아직 S형이 내려가지 않았지만 계약기간은 끝나 있었다. 3자 합의에 의해 한 이틀 정도 세 명이 한 방에서 지내기로 했다. 새로 온 룸메이트 J는 학부생이었다. 나보다 4살이 적었다. 나는 나보다 4살 많은 S형과, 나보다 4살 적은 J 사이에서 이틀 밤을 잤다. 그리고 사흘째 되던 날, 형은 서울을 떠났다.

다시 장마철이 다가오고 있었다.

반지를 던져버린 프로도처럼

그렇게 S형이 떠나버린 후, 나는 더 이상 이놈의 반지하 방에 있기가 싫어졌다. 이제 곧 다가올 장마철을 여기서 다시 보낸다는 건 자살행위란 걸 알고 있었다. 지난해 그 끔찍했던 습기와 곰팡이의 공격을 받아낼 자신이 없었다. 그건 정말이지 알고는 못할 일이었다.

나는 혼자라도 떠날 생각이었다. 새로 온 룸메이트에게까지 나의 계획을 강요할 생각은 없었다. 그러나 새 룸메이트 J는 내 얘기를 듣더니, "저도 형하고 같이 갈래요" 했다. 좋지 뭐, 어차피 독방을 쓸 생각은 아니었으니까. 너랑 나랑 또 한 세월 살아보는 거다. 우리는 하숙집 아줌마에게 집을 옮기겠다고 말했다.

양계장 사장은 우리에게 계속 남아 있어달라고 집요하게

요구했다. 뭐 맘에 안 드는 게 있느냐, 섭섭하게 왜 이러느냐, 하숙비를 깎아줄까…. 나는 친척이 이 근처에 이사를 와서 그 집으로 옮기려 한다고 둘러댔다.

새로 하숙을 구했다. 학교와는 좀 거리가 있었다. 같은 신촌 바닥 안에서 옮기는 일이었지만 이사는 이사였다. 그렇다고 포장이사를 부를 일도 아니었다. 틈틈이 박스를 구하고 짐을 쌌다. 들어올 땐 가방 하나였지만, 나갈 땐 그래도 박스가 제법 나왔다. 남들은 손수레를 구한다고도 하는데 그런 방법도 모르고 해서 할 수 없이 용달차를 부르기로 했다. 서울 시내 이동은 무조건 3만원이었다. 아저씨, 너무 비싸요. 가까운 동넨데. 그래도 하여간 3만원이었다.

그렇게, 반지하 방을 떠났다. 1년 반이 좀 안 되는 기간이었다. S형과의 숱한 추억이 어려 있는 방을 나서며, 나는 절대반지를 용암 속에 던져버린 프로도처럼 복잡한 심경으로 뒤를 돌아보았다. 문득, 두 번의 연애를 실패하고는 만취한 채 눈물짓던 S형의 얼굴이 떠올랐다. 형은 또 금방 잘 사귈 거라 걱정 없다고 나는 생각했지만, 그래도 그때만큼은 형도 정말 아팠을 텐데, 내가 좀 더 잘 위로해 줄걸 그랬다는 후회가 그제서야 들었다.

하숙집 사람들이 전송했다. 그 세월동안 멤버도 많이 바뀌었지만, 계속 그 자리를 지키고 있는 사람들이 더 많았다.

이들은 모두 각자 청춘의 한 장면을 이 비좁은 하숙방 한켠에 접어 넣으며 살아가고 있을 터였다. 하숙집은 만남과 헤어짐이 빈번한 공간인 만큼, 떠나는 자도 남는 사람도 특별히 서러워하지는 않았다. 그렇게, 밥을 떠먹는 것처럼 심상하게 만나고 헤어질지라도 지금의 이 순간이 20년도 훨씬 지난 지금까지 눈물겹도록 아름답고 소중하게 기억될 수 있을 거란 것을,

그때는 잘 몰랐다.

제3장

가자,
장미여관으로

여기는 '지부'

내가 새 룸메이트 J와 함께 양계장 반지하를 탈출해 새롭게 둥지를 튼 곳은, 신촌 로터리 부근이었다. H문고 뒷골목쯤. 거기에 하숙집들이 모여 있었다.

그런데 그 동네엔 하숙집 말고도 많은 것들이 모여 있었다. 단란주점도 있었고, 무엇보다 장급 여관 또는 막 생기기 시작한 모텔들이 군집을 이루고 있는 그런 동네였다. 큰길에서 가자면 주점촌과 모텔촌을 통과해야만 하숙촌으로 접근할 수 있었다.

주변 사람들에게 새로운 하숙집 위치에 대해 이리저리 설명을 하면, 이 동네에 대해 좀 안다는 사람들은 모두 이렇게 말했다. "어, 거기? 장미여관 근처네."

실제로 나는 장미여관이 어디 붙어 있는지는 몰랐다. 인근 큰 서점 뒤편 골목에 하숙집이 있었다.
사람들은 그곳을 "장미여관 동네"라고 불렀다.

에 있는 하고많은 모텔들 중에 '장미여관'이라는 촌스런 이름을 가진 숙박업소는 없었다. 아마 예전에 그 근처에서 성업하던 여관일 수도 있을 터였다. 아니면 마씨 성 가진 교수님이 애용했다는 술집이 근처에 있어서 그런 이름이 붙었는지도 모를 일이었다. 어쨌든, J와 나는 장미여관 근처에 새로 거처를 마련했다.

우리가 새로 살게 된 집은 좀 별난 형태였다. 우선 그 집에는 주인아줌마가 같이 기거하지 않았다. 아줌마는 조금 떨어진 다른 집에서 또 다른 하숙생들과 같이 지냈다. 말하자면 아줌마가 계신 곳이 '본부'였고, 내가 살 집은 넘쳐나는 하숙생들을 수용할 목적으로 따로 운영하는 일종의 분점 내지는 '지부' 같은 형태였다. 식사는 '본부'에 가서 하고, 나머지 생활들은 '지부'에서 하는 구조. '본부'는 모텔촌과 가까워서 약간 번잡했고, 하숙생 수도 많았지만, '지부'는 조금 더 들어간 구석에 위치해서 너무나 조용했고, 오래된 집이었지만 그래도 깨끗했다.

우리가 처음 입주했을 때는 '지부'가 매우 혼잡했다. 1층에 있는 3개의 방 중 2개에 새로 직장에 입사해 연수를 받는 남자들이 시끌벅적 살고 있었다. 현관 쪽으로 난 가장 작은 방이 우리에게 우선 배정되었다. 연수생들은 이제 곧 나갈 거니까, 그 뒤에 살고 싶은 방에 골라 들어가라는 말씀이었다. 약간 좁긴 했지만, 나는 반지하가 아닌 것만으로도 그 방이 맘에 들었다. 큰 창이 나 있는 방이었는데, 비가 오는 날이면 너무 좋은 분위기가 연출되었다. J도 무척 좋아했다.

며칠 뒤, 밤마다 술판을 벌이며 시끄럽게 떠들던 연수생들이 썰물처럼 빠져나갔다.

갑자기, 커다란 집 1층엔 나와 J만 남았다.

우선 제일 큰 방으로 이사했다. J는 비오는 광경을 보고 싶다고 했으나, 그 방은 아무래도 좁았다. 둘이 함께 살려면 넓은 방이 필요했다.

그 다음엔 이제 우리가 그 집의 주인 노릇을 하며 사는 일만 남았다. 밥 먹을 때는 슬슬 걸어서 본부로 갔고 아줌마는 지부에 사는 하숙생들의 사생활에 대해 아무런 간섭도 없었다. 한 술 더 떠서는 밤에 라면이라도 끓여 먹으라며 휴대용 가스레인지와 냄비, 프라이팬 등을 무료로 제공했다. 냉장고, 세탁기가 배치된 건 기본이었다.

이거야 말로 하숙과 자취의 장점만을 고스란히 모아놓은 최고의 주거형태였다. 우리는 너무 넓어 적적한 느낌마저 드는 하숙집에서 누구의 방해도 받지 않고 살다가, 밥 때가 되면 슬리퍼 끌고 조금 내려가서는 '본부'에서 밥을 먹고(아줌마 음식솜씨도 최고였다) 다시 돌아와서는 거실에서 뒹굴며 텔레비전을 보다가, 밤이 되면 또 냉장고에서 맥주를 꺼내 먹거나 라면을 끓여먹거나 했던 것이다. 그리고 친구가 놀러오면, "어, 거기 옆방 비었으니까 자고 가" 이래도 되는 것이었다. 무슨 이런 하숙이 다 있단 말인가. 나는 하루에도 수백 번씩 감격했다.

그러나, 아직 감격할 거리는 끝나지 않았다.

우리가 살고 있는 '지부'에는 1층 말고도 지하에 하숙방이 더 있었다. 거기엔 인근 여대를 다니는 여학생 3명이 한 방을 쓰고 있었는데, 문제는 그녀들이 모두 하나같이 눈에 확 띄는 미인들이었다는 거다. 그녀들이 다 남자친구가 있긴 했다. 그래도 그게 어디란 말인가. 입방식을 빙자해서 치킨 파티를 벌인 어느 날 밤 이후로 우리는 서로 오빠 동생 하며 스스럼 없이 지내는 사이가 되었다. 텔레비전이 없는 그녀들은 심심하면 1층으로 올라와서 우리와 같이 TV도 보고, 커피도 마시고 그랬다. S형이 사놓고 간 바로 그 텔레비전이었다.

J와의 관계도 좋았다. 반지하 방에서 S형과 함께 했던 점화식의 전통은 여기 와서도 면면이 이어지고 있었다. 아무도 없는 텅 빈 하숙집에서 우리는 나란히 누워 밤마다 환한 담뱃불을 피워 올렸다.

행복한 한 때였다. 아무런 걱정도 없었다.

모텔들이 밀집한 지역을 지나면 곧 하숙집이었다.

J라는 친구

J는 감수성이 예민한 친구였다. 취미로 하는 미술이 상당한 경지에 올랐던 그는 무슨 대회에 나가서 수상한 경력도 있었다. 가끔 전시회에도 참여하곤 했는데, 별로 대중성이 있는 그림은 아니었다. 그래도 아무 것도 모르는 내게 J는 몇 가지 가르침을 주기도 했다.

그 외에도 J는 명문대학에 다니는 신세대답게 많은 부분에서 능력이 뛰어났는데, 예를 들면 미국 한 번 나갔다 온 적이 없어도 영어를 현지인 못지않게 한다거나, 컴퓨터에 대해서도 매우 정통했다거나 하는 것들이었다. 나는 J에게서 처음으로 PC통신이란 걸 배웠다. 하이텔에 ID도 하나 만들었다. 물론, 몇 년 뒤 하이텔 덕분에 장가를 갈 수 있으리라고는 그때는 전혀 상상도 못했다.

추억의 하이텔 초기화면.

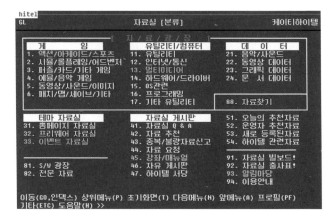

그렇게 감수성이 예민하고, 능력도 뛰어났으면 좀 까다롭게 굴만도 한데, 또 다행히 J는 주어진 환경에 잘 적응하면서 네 살 많은 룸메이트 비위도 대략 맞춰줄 줄 아는 그런 센스를 갖고 있었다. 나는 S형과 같이 지낼 때와는 또 다른 느낌으로 J와의 생활을 나름대로 즐겨 나갔다.

우리는 밥을 먹거나 술을 마시며, 또는 나란히 PC 앞에 앉아서 많은 얘기를 나눴다. 술자리의 빈도나 술 먹는 양은 S형이 있을 때와는 비교할 수 없을 만큼 줄었지만, 또 나름 맨 정신으로 수다 떠는 재미가 있었다. 우리 둘은 또 여러 측면에서 공통점이 많았다. 둘 다 가부장제를 밥맛없어 했고, 개인의 자유의지를 억압하는 일체의 권위주의에 똥칼(J의 표현에 따르면 똥침보다 똥칼이 더 센 거라고 했다)을 날리고 싶어 했으며, 상징성이 강한 영화를 좋아한다는 것도 닮은 점이었다.

밤이 깊도록 도란도란 얘기를 하다가 출출해지면 라면을 끓여먹기도 하고, 알바비를 받은 날에는 근처에 널린 포장마차에서 닭꼬치를 사먹기도 했다. J는 참치 김치찌개와 떡볶이를 좋아했으며, 편의점에서 컵라면을 먹을 때는 참기름 스프가 따로 들어 있는 '참깨라면'을 먹곤 했다.

J가 야구를 좋아하지 않는다는 것이 나의 유일한 불만이었다. 야구뿐만 아니라 스포츠 경기 자체에 별다른 관심이

없었다. 둘이 야구라도 보러 가면 좋았을 텐데. 내가 막 열을 올려서 롯데 얘기를 해도 J는 귓등으로 들을 뿐이었다. 그럴 땐 좀 섭섭했던 것도 같다.

연애 얘기는 그때나 지금이나 주된 화제 중의 하나였다. J는 미국인 여자 친구를 사귄 적이 있다고 했다. 야 그거 놀라운데. 너 그 여친 때문에 영어 잘하는 거냐? 라는 물음에는 아뇨, 영어를 잘해서 미국 여친이 생긴 거거든요? 라는 대답이 돌아왔다.

그러면서 J는 지금 학교에 짝사랑하는 사람이 있다고 했다. 그런데 아무래도 고백하기는 힘들 것 같다고 했다. 나는 자신 없어 하는 J에게 막 열변을 토했다. 야 임마, 안될 때 안되더라도 한번 찔러나 봐. 말도 못한다는 게 말이나 되냐. 그러면서 어떻게 미국인 여친은 사귀었대? 아 그 녀석 답답하네.

J는 그저 쓸쓸하게 웃기만 했다.

사랑이 꽃피는 장미여관

이 동네는 살아볼수록 재미있는 곳이었다. 밀집한 모텔촌 근처에서 지내다보니 에피소드도 많았다. 본부에 밥을 먹으러 가면 거기 사는 하숙생들이 어젯밤 창문 너머로 본 모텔 안 풍경들을 무용담처럼 늘어놓기도 했다. 지부에 사는 우리는 좀 떨어진 곳에 있었으므로 그런 구경을 할 일은 없었지만, 주변을 배회하는 청춘남녀들을 관찰하는 재미는 각별했다.

학교 근처의 숙박업소라, 학생 커플들이 주 고객이었다. 책가방을 메고, 때로는 제도용품 같은 실습도구들을 어깨에 걸친 채 선남선녀가 손을 꼭 잡고 모텔로 들어가는 풍경은, 처음엔 좀 신선하면서도 남사스럽고, 또 그러면서도 조금은 부럽게 다가왔다. 그러나 그런 구경도 곧 일상적인 일이 되었다.

어떤 날은 본부로 가다가 모텔로 들어가는 어떤 커플과 눈이 마주쳤는데, 내가 밥을 다 먹고 좀 놀다가 지부로 돌아가는 길에 막 출구를 나오는 그들을 다시 만나는 일도 있었다. 나야 뭐 으응, 잘 놀다 가냐? 하는 느낌이었으나, 그들은 무척 뻘쭘한 것 같았다. 대낮이었으므로 더 그랬을 것이다.

늦은 밤에는 가끔 실랑이도 있었다. 남자는 자고 가자, 여자는 안된다. 뭐 그런 스토리였다. 잘 논다. 그러면서 나는 그 옆을 지나 가게에서 음료수나 맥주를 샀다. 거의 대부분은 남자의 승리로 귀결되곤 했다.

모텔촌 한가운데에 내가 평소 애용하던 가게가 있었다. 지부에서 J와 같이 먹을 주전부리를 구입하던 그 가게는 해가 지면 전투(?)에 임하기 전에 음료수, 맥주, 과자 등을 구비하려는 커플들로 항상 성시를 이루었다. 그리고 가게 입구엔 빨간색 공중전화가 하나 외로이 구비되어 있었는데, 내가 주로 집에 안부를 묻기 위해 사용하는 그 전화통에 대고 그것들은 집에 못 들어가는 핑계를 만들어 전송하기에 바빴다.

시험기간이라 도서관 자리를 잡기 위해 친구네 자취방에서 자야 한다고 구라를 치던 여학생은, 그 말을 하면서도 옆에 서 있는 남친의 손을 놓을 줄 몰랐다. 조잘조잘 설명이 많았던 여자들에 비해 남자들의 핑계는 대략 심플했다. 아버지, 저 친구 집에서 자요. 먼저 주무세요. 대략 이 정도였다. 기억에 남는 어떤 커플이 있었는데, 그들은 전화통 앞에서 실랑이었다. 남자가 여자에게 "야, 빨리 집에 전화해!" 하고 재촉하는데도 여자는 "야, 됐다 됐어, 안 해도 돼" 하며 쿨하게 거절하는 모양이었다. 남자는 계속 안절부절이었다.

나는 집에 안부전화를 할 차례를 기다리며 그들의 사연을 감상하곤 했다. 그게 다 핸드폰이 없던 시절이라 가능했던 얘기인 거다.

그 동네에 여관만큼 많았던 게 단란주점을 비롯한 술집들이었다. 그리고 그 숫자만큼 호객꾼, 즉 삐끼들이 활발하게 활동하고 있었다. 하루의 학업을 마치고 집으로 향하는 내게도 삐끼들은 항상 달라붙었다. 형님, 아가씨 좀 보고 가시죠. 형님, 노래방은 안 찾으세요. 나는 집에 가는 거라면서, 점잖게 그들을 물리치곤 했는데, 매일 그 일을 반복하다가 급기야 몇 명과는 낯을 익히게 되었다. 이제 그 친구들은 나에게 호객행위를 하진 않았지만, 그 대신 아는 척을 했고, 아는 척을 하다가 때로는 장난을 치기도 했다.

어떤 더운 날은 아이스크림을 물고 가는데, 한 녀석이 와서는 "한 입만요!" 하고 덥석 베어 물기도 했고, 대학원 회식을 마치고 같은 과 여학생과 잠시 걸어가노라면 뒤에서 "어, 오늘은 여자랑 가네!"라며 야지를 놓기도 했다. 재미있는 친구들이었다.

하지만 근처에 술집이 너무 많았고, 밤새워 술 마시는 인구도 많다보니 아침 일찍부터 학업에 정진하려는 나의 갸륵한 뜻에 어긋나는 장면도 많이 있었다. 상쾌한 아침에 집을 나서서 걸어가는데 아직도 영업이 안 끝난 술집에서는 목청껏 노래 부르는 사람들이 있었고, 허옇게 날이 밝은 거리에서 병을 깨가며 난투극을 벌이는 사람들은 인상을 찌푸리게 했다.

어느 아침에는 술에 취했는지 약에 취했는지 모를 어떤 여인이 길바닥에 드러누워서는 바지를 벗고 있는 걸 목격하기도 했다. 사람들은 혀를 쩟쩟 차면서도 한참을 바라보기만 했다. 나 역시 그랬다.

그렇게 나름대로 즐겁고, 다이내믹한 하숙생활은 계속되었다. 나는 이 생활이 이대로 쭈욱 계속되길 진심으로 바랬다.

그러나, 내 바람은 바람일 뿐이었고,

행복한 순간은 그리 오래 계속되지 않았다.

행복한 순간은 오래 가지 않는다

그렇게 행복했던 나의 지부 생활은 몇 달을 못 가 종말을 맞고 말았다.

경영에 압박을 느낀 본부의 주인아주머니가 지부 경영을 포기한 것이다. 그 즈음엔 나와 J가 사는 방 옆에 또 다른 친구 하나가 창문 넓은 독방을 쓰고 있었고, 하나 남아 있는 빈 방은 여전히 우리의 손님방이었으며, 나는 초가을쯤 취직을 해서 회사를 다니고 있던 중이었다. 어쨌거나 우리가 마치 내 집처럼 여기고 살던 지부, 지하층에 아름다운 여학생들이 하나 둘도 아니고 셋씩이나 살던 그 지부는, 이제 나른 사람의 손에 넘어갔다.

새로 지부를 인수한 아줌마가 집을 보러 왔다. 날카로운 인상이었다. 우리는 점령군을 맞이하는 식민지 백성처럼 두

려움에 떨었다. 아줌마는 탐탁지 않은 시선으로 우리를 한번 둘러보더니, 몇 가지 칙령을 공포했다.

우선 비어 있는 1층 빈 방, 그러니까 기존의 우리 손님방에는 아줌마가 아이와 함께 들어와 살 것이며, 거실 가운데에 칸막이를 설치하여 주인댁과 하숙생들의 공간을 분리한다고 했다. 또한 안정적인 운영을 위해 하숙비를 일괄 인상하겠다는 조치였다. 오, 노. 그건 그냥 테러였다. 나와 J는 서로 얼굴을 마주보았다. 말을 하지 않아도 알 수 있었다.

나가라는 얘기구나.

그래서 나가야 했다. 유흥가와 가까웠지만 조용했고, 하숙집이었지만 투룸 전세 부럽지 않았으며, 맛있는 음식과 좋은 사람들이 함께했던 그 집을 떠나는 심정은 매우 절통했다. 지하의 예쁜 여학생들도, 건넌방에 살던 착한 녀석과도 모두 사요나라 짜이지엔이었다. 그 이후로 나에겐 하나의 좌우명이랄까, 항상 가슴에 두고 사는 격언이 하나 생겼다. 그것은,

"행복한 순간은 오래 가지 않는다"

라는 것이었다. 나는 지금껏 이 말을 항상 되새기며 산다. 그러면 어쩌다 힘든 일이 생겨도 그리 당황하지 않게 된다. 그래. 어쩐지 좀 행복한 것 같더라, 하면서 또 불행에 대응하는 태세를 갖추는 것이다. 어쩐지 지부 생활은 너무 완벽했다. 인생에서 완벽하게 돌아가는 때가 도대체 며칠이나 될 것

인가 말이다.

우리는 가능하면 본부로 들어가고 싶었지만, 빈 방이 없었다. 대신 아주머니가 소개시켜준 인근의 다른 하숙으로 들어갔다. 여전히 J와 함께였다. 예전보다 훨씬 유흥가에 인접한 3층 건물이었다. 우리는 3층에 방을 얻었으며, 주인댁은 2층에 있었다. 몇 걸음 안 떨어진 곳이라고는 했지만, 새로 들어간 집은 여러 면에서 이전의 지부와는 큰 차이가 있었다.

우선 새 하숙은 모텔들에 완전히 둘러싸여 있었고, 새로 개업한 나이트클럽과도 맞닿아 있었다. 나이트에서 즐기던 손님들이 부킹을 통해 눈이 맞으면 인근의 모텔들을 이용할 수 있는 편리한 구조였다는 건 인정하지만, 그 틈에 둘러싸인 하숙생들의 처지는 전혀 고려하지 않았음도 분명한 일이었다. 밤만 되면 네온사인의 조명과 새벽 세시까지 울려 퍼지는 쿵쿵거리는 음악소리에 환장할 것 같았다.

새 주인아줌마는 믿음직하고 푸근했지만, 음식 솜씨에 관한 한 지난번 본부 아줌마와 비교할 수는 없었다. 그건 그래도 괜찮았다. 무엇보다 견디기 힘든 것은 옆방을 쓰는 하숙생들의 존재였다. 다시 말하지만 지부에는 아래층에 아름다운 여학생들이 셋씩이나 살았다. 반면 지금의 우리 옆방에는 인근 주점 호객 영업사원과 접대원 언니가 한 방을 썼다. 신성한 하숙집에 남녀혼방이 어떻게 가능했는지는 지금도 의문이다. 아무래도 뭔가 속임수가 있었을 거다. 하여간 그들은 저녁에 같이 출근하고, 새벽녘에 같이 퇴근을 했으며, 내가 출근 준비를 하는 아침이면 자신들의 사랑을 확인하느라 생난리를 뽀갰다. 3층 거실을 뒤흔드는 그들의 요란한 교성을 들으며, 나는 소돔과 고모라가 따로 없다는 생각을 했다.

나는 이 모든 것이 아주 괴로웠지만, 환경 적응력이 뛰어난 J는 덤덤한 표정이었다. 섬세한 감수성과 날카로운 직관을 지닌 이 친구가 이런 면이 있다는 게 나는 가끔 이해되지 않았다. 아닌 게 아니라 몇 달을 지내니 어느 정도는 또 적응이 되기도 했다. 생활은 다시 정상을 찾는 것 같았다. 유흥가와 가깝고, 밤에 라면을 맘대로 끓여먹을 수 없게 되었다는 이유로 J와 나는 밤마다 인근 포장마차를 이용하는 빈도가 높아졌다. 그만큼 우리는 또 친해졌다.

J는 S형과는 달리 지적인 풍모가 강했고, 항상 합리적이었으며, 적당히 개인주의적이었다. 선배를 존중할 줄도 알았지만 또 아닌 건 아니라고 얘기할 줄도 알았다. 그리고 적당히 유머도 있었다. 괜찮은 녀석이었다. 우리는 자주 술을 마셨지만 과음하지 않았고, 밤늦게까지 대화를 나누거나, 컴퓨터 게임을 하거나 했다. 그리고는 점화식을 하고 잠자리에 들었다. 나는 베개에 머리만 대면 잠들었고, 그런 나를 J는 신기해했다. 옛날에 S형을 바라보는 내가 그랬을 터였다. 직장생

활이란 그런 것인가 보다.

그럭저럭 우리가 함께 산지도 1년이 되어 가고 있던 어느 날이었다.

고백 - 1

그날도 나는 하루의 노동을 마치고, 삐끼의 유혹을 뚫어가며 모텔촌 한가운데에 있는 '소돔과 고모라' 하숙집으로 돌아왔다. 옷을 갈아입고, 씻고, 저녁을 먹고 방으로 들어와 담배를 한 대 물었다. J는 저쪽 구석에 앉아 뭔가 자료를 정리하고 있었다. 가만 보니 무슨 기관의 소식지 같은 타블로이드판 신문이었다. 나도 한 장을 집어 들었다.

그것은 동성애자들의 모임에서 발간하는 소식지였다. 아마 J가 요새 무슨 사회학과 수업을 듣는다더니 리포트 자료로 쓰려고 가져온 것인 듯했다. 기사도 있고, 만화도 있고, 기고문도 있었다. 꽤나 흥미로웠다. 난생 처음 보는 것들이었다. 지금은 찬반을 막론하고 동성애에 대한 얘기를 많이들 하고, 퀴어 축제도 열리지만, 20년 전인 그때만 해도 우리 사회의 동성애에 대한 논의는 거의 전무하다시피 했다.

나는 소식지를 계속 읽어 나갔다. 내가 몰랐던 정보가 많았다. 우선 거기에 나온 사람들의 사진이 눈길을 끌었다. 눈길을 끌었다고 해서 뭔가 특이한 게 있었다는 게 아니라, 오히려 반대로 너무나 평범한 사람들의 사진이라는 점이 좀 의외였다. 말하자면 내가 평소 어렴풋이 상상했던 '호모' 혹은 '게이'들이란, 이상한 복장을 하거나, 남자가 여자처럼 꾸미고 다니는 그런 것들이었는데, 여기 나온 사람들은 일반인과 크게 다를 것이 없었다.

"다들 멀쩡하게 생겼네." 나는 말했다. "그렇죠?" J가 대답했다. 그들이 스스로를 일반인이 아닌 사람들이라고 해서 '이반'이라고 부른다는 것도 그때 알았다. 그러고 보니 요즘 재미를 붙인 하이텔 채팅방 중에 '이반'이라고 글머리를 단 대화방도 있다는 생각이 퍼뜩 들었다. 생각보다 많이들 있나보네 하며 소식지를 계속 읽었다. 이반들은 글을 통해 일반인들이 잘못된 상식을 갖고 있으며, 편견에서 해방될 것을 주문했다. 그리고 자신들이 부당한 인권침해를 당하고 있다는 류의 얘기들을 많이 써 놨다. 다 읽었다. 음, 인상적이네.

"J야, 너 이거 리포트 자료지? 이런 건 다 어디서 구했냐?"

"형, 저 거기 회원이에요."

"엥, 그래? 거긴 일반인들도 회원이 되나보지? 저기 뭐냐…

308

'이반'이 아니어도?"

J는 잠시 내 눈을 바라보더니, 결심한 듯, 입을 열었다.

"형, 저… 사실은 이반이에요."

순간, 나는 너무 놀라 담배를 떨어뜨렸다. 저것이 지금 무슨 말을 하고 있는 거냐. 나랑 1년을 한 이불을 덮다시피 하고 몸을 밀착시키며 지낸 저 청년이 지금 내 앞에서 뭐라고 하는 거냐. 뭐가 어떻다고? 야, 너 다시 한 번 말해봐라. 니가 동성애자란 말이야?

그렇다는 대답.

J는 동성애자였다. 사춘기가 시작되면서부터 여성에게 관심이 없고 남성에게서 성적 호기심을 느끼는 자신을 발견하고는 자기도 많이 당황했다고 한다. 미친 듯 고민하고, 의식적으로 여자를 사귀려 해본 적도 있지만 결국 그것은 자기에겐 너무나 부자연스러운 거라고 했다. 대학에 들어오고, 비슷한 처지의 사람들을 만나고, 또 공부를 하면서 비로소 자신을 받아들일 수 있었다. 그러나 그것은 철저히 비밀일 수밖에 없는 일. 이성애자들이 대다수를 차지하는 사회에서 J는 자신을 감춘 채 살아가는 법을 체득해야 했다. 아, 그런데 나는 그런 설명을 듣고도 놀라움과 혼란스러움에서 좀처럼 벗어날 수 없었다. 뭣보다 제일 궁금한 게 있었다.

"너 말야, 나랑 1년 동안 같이 살면서 볼 거 못 볼 거 다

보고, 잠도 같이 자고, 내가 니 보는 앞에서 옷도, 아니 그러니까 속옷도! 막 갈아입고! 그랬잖아! 그래도, 저기 뭐냐… 괜찮디?"

심각하던 J가 처음으로 웃으면서 말했다.

"형, 형은 내 스타일이 아닌 걸요."

일단 안심이 되었다. 내가 인생을 살면서 누구에게서라도 '당신은 내 스타일이 아니오'라는 말을 듣고 좋아한 건 그때가 처음이자 마지막이지 싶었다. 안심이 되고나서 다시 느껴지는 감정은, 한없는 측은함이었다.

입장을 바꿔놓고 생각해보자. 내가 어떤 여자랑 1년을 한 방에서 같이 산다. 그 여자는 내 스타일이 전혀 아니다. 그런다고 내가 아무런 감흥도 없었을까? 그래도 여잔데? 태연하기만 했을까? 아니지. 절대로 안 태연할 거다. 나는 남자고 그녀는 여자니까. 아마 J도 안 태연했을지 모른다. 하지만 그래선 안 되는 거다. 물론 위의 내 경우에도 안 되는 건 마찬가진데, 그래도 그 둘은 종류가 다르다. J는 그렇게 철저히 자신을 숨기고, 어떤 때는 자기 욕구마저 속여가며, 성적 소수자로서 일반인과 함께 살고 있었다. 아이고, 이 불쌍한 녀석아. 그 동안 얼마나 힘들었냐 그래.

말해줘서 고맙다고, 나는 진심으로 말했다. J는 나에겐 말해도 괜찮을 것 같았다고 그랬다. 그것도 고마웠다. 나도 이제 그 녀석이 이해되었다. 가부장적이고 전통적인 가족 개념을 그 친구가 왜 혐오했는지. 소수자 인권 문제에 대해 왜 관심이 많았는지. 그리고,

왜 짝사랑하는 사람에게 고백할 생각도 못했는지.

고백 - 2

그러니까, 처음 나와 살기 시작하면서 말했던 J의 미국인 '여자 친구'는 알고보면 같은 성향을 가진 미국 남자였다. 하지만 그건 아주 옛날 일이었고, 말한 바와 같이 그즈음의 J에게는 짝사랑하는 남자가 있었다. 같이 미술을 하는 친구라고 했다.

물론 그 남자는 이반일 가능성이 아주 적었다. 딱 한 번, 술자리에서 그 친구가 J를 안아준 적이 있다고 했다. 그게 어때서. 나도 가끔 그런 짓을 하는데. 그러나 J에겐 그게 또 설레는 일이었다. 그러나 설레는 건 자기 사정이었고, 그렇다고 하루 날 잡아 불러내서는 다짜고짜 너 혹시 동성애자니? 라고 물어볼 수도 없는 노릇이었다.

이걸 어떡한단 말인가. 그렇다고 J를 비난할 수 있는 일은 아닐 터였다. 왜냐면 그건 본인으로서도 어찌할 수 없는 일이었기 때문이다. 젊은이가 누군가를 보고 반해서 혼자만의 사랑에 빠지는 일은 얼마나 흔하고 자연스러운가. 그런데 이런 경우는 그 열띤 짝사랑도 어쩔 수 없이 비극의 색깔을 띠게 되는 것이었다. 나는 비로소, 평소 술을 마시며 내가 계속 했던 같잖은 충고들, 이를테면 "야, 너는 왜 좋아하는 사람한테 진심을 털어놓지 못하고 술만 마시냐?" "너 바보냐?" 따위의 말들이 얼마나 비현실적이고 폭력적이었는가를 절감하게 되었다. 내가 저 친구한테 무슨 짓을 한 거냐. 생각할수록 가슴이 아팠다.

가슴 아픈 일은 그것뿐만이 아니었다. J는 정작 자신의 가족에게는, 당연한 얘긴지도 모르겠지만 커밍아웃을 하지 못했다. 아직도 그의 모친은 좋은 대학을 들어간 자랑스러운 아들이 얼른 졸업하고 취직해서 좋은 여자와 결혼해서 손주를 안겨줄 거라는, 지극히 평범한 기대를 하시는 터였다. 그 어머니 앞에서 J는 과연 어떤 말을 할 수 있을까. 막막한 얘기였다. 일상생활에서 일반인이 불특정 다수의 이반을 상대로 풀어놓는 혐오감과 편견 따위는 거기 비하면 그리 큰 문제는 아니라고 할 만했다.

하지만 어쨌거나 J는 이 땅에서 대학을 다녀야 하는 처지다. 나중에는 외국으로 나가서 살 거라고, 그렇게 얘기하면서도 J는 그저 심상하게 하루하루의 삶을 영위해갔다. 때로는 각종 모임에 나가서 성적 소수자들이 겪는 부당한 차별을 고발하는 일에 힘을 쏟기도 했다. 그리고 그가 그리는 그림들에서도 나는 비로소 그런 메시지를 느낄 수 있었다. 그의 그림에는 대체로 어둡고 적막한 이미지가 많았지만, 저쪽 구석에는 무지개가 빛나고 있었다. 무지개가 양성평등의 상징이라는 것도 그때 알았다. 그림이 어둡다는 말에 J는 "해 뜨기 전이 제일 어두우니까요"라고 대답했다.

나는 J의 커밍아웃 이후로도 약 6개월 정도를 함께 지냈다. 그 6개월은 J가 마음을 완전히 열고 자신의 모든 삶을 공개했다는 점에서 이전의 1년과는 사뭇 다른 시간이었다.

알고 지내는 이반 친구들도 소개 받았고, J가 마침내 그 아픈 짝사랑을 떨어내고는 잠시 어떤 남자를 만나서 짧은 연애를 할 때, 무척 선량하고 감성이 여려 보이는 그 남자친구와도 인사를 나눴다. 당연한 얘기였지만, 그들이 너무나 '멀쩡'하다는 데에 나는 또 놀라야 했다. 이상한 옷을 입고, 이상한 말을 하고, 원래 남자인데 여자인 척하는 그런 '호모자식'들은 다 뭐였단 말인가? 하루하루가 산교육 같은 날이었다. 편견을 깨는 공부였다.

우리 사회가 알게 모르게 그들에게, 아니 꼭 게이가 아니더라도 다른 마이너리티들에게, 어떤 식으로 폭력을 행사하고 있는지도 나는 알 것 같았다. 당연한 것처럼 여겼던 많은 규범과 상식이 어떤 이들에겐 돌이킬 수 없는 상처가 된다는 것도. 다른 사람들에게 아무런 피해를 주지 않는 사람들이 단지 뭔가가 다르다는 이유만으로 고통을 당하는 일이 없었으면 좋겠다고, 나는 생각했다.

그러나 아무리 고민하고 학습한다고 일반인인 내가 이반을 완전히 가슴으로 이해한다는 건 불가능한 일이란 것도 그때 알았다. 하숙집 근처에 있다고 J가 알려준 게이바(나는 그 앞을 수없이 지나다니면서도 거기가 게이바라고는 평소에 생각도 못했다)에 나도 같이 가볼까? 하고 말했을 때, J는 나를 막아서며 이렇게 말했다.

"형, 전부 나 같은 사람만 있는 건 아냐."

나는 그게 뭐를 의미하는지는 잘 몰랐다. 어쩌면 그 바의 문을 열고 들어가면 내가 평소에 어렴풋이 생각했던 이상한 옷을 입고 말을 희한하게 하는 '호모자식'들이 득시글거리는 걸까? 아님 우락부락한 남자가 괜히 나한테 와서 막 집적거리고 그러는 걸까? 어쨌거나 내가 감당해내지 못할 어떤 현실도 분명히 있다는 걸 알 것도 같았다. 거기까지였다.

아듀, 장미여관

나는 그렇게 소돔과 고모라 같은 장미여관 동네에서 하루하루를 살아내고 있었다.

밤늦도록 음악 소리 쿵짝거리고, 거기에 섞여 욕설과 토사물과 삐끼의 외마디 소리와 나가요 언니의 교성이 난무하는, 그러다 아침엔 정적과 허무함만 감도는 이런 동네에서도 나는 나름대로 많은 것을 배웠고, 소중한 것들을 건져낼 수 있었다.

그건 순전히 J 때문이었다. 그 친구와의 교분과 이해가 깊어질수록 나는 뭔가 인생의 새로운 장면을 발견하는 느낌이었다. 정말 쓰레기 더미에서 장미가 피어날 수도 있는 것일까. 그래서,

이곳을 장미여관 동네라고 부르는 것일까.

다른 모든 일들처럼, 나의 장미여관 시절도 끝을 맺는 날이 왔다. 살고 있는 하숙집이 그예 헐리고 또 하나의 모텔이 새로 들어설 거라고 했다. 다시 나가야 했다. 그렇다고 '지부'로 돌아갈 수 있는 방법도 없었다. 아, 그러면 어디로 가지. 새 하숙을 또 알아볼까 생각도 했지만, 결국 나는 지금이 하숙을 영영 접을 때란 걸 알았다.

직장에 다니면서부터 내게는 독립된 생활을 하고 싶다는 욕구가 싹터 자라고 있는 중이었다. 프라이버시가 보장되지 않고 번잡하며 불편한 하숙의 일상에 조금씩 지치고 있었다. 이제 취직도 했으니 앞으로도 오랫동안 이 서울이라는 곳에서 터 잡고 살아야 하는데, 그러기 위해서는 좀 더 안정적인 근거지가 필요하기도 했다.

J에게 조심스럽게 얘기를 꺼냈다. 언제나처럼, J는 나의 의사를 존중했다. 그는 좀 떨어진 곳에서 다른 하숙을 구하겠다고 했다. 독방이 좋을 것 같다는 말도 했다. 나는 틈틈이 집을 보러 다녔고, 결국 저 멀리 화곡동 산비탈에 원룸을 얻었다.

이렇게 해서 나의 3년에 걸친 하숙생활은 끝을 맺었다. J가 먼저 방을 비우고 나갔다.

떠나는 날, 나는 그 녀석을 한 번 깊이 안아주었다. 감수성 예민하고, 지적이고, 그림 잘 그리고, 유머 있고, 슬픈 친구였다.

그러나 우리는 슬퍼하지 않았다. 하숙은 그런 곳이다. 만날 때 기뻐하지 않고 헤어질 때 슬퍼하지 않는다. 오고 감이 너무나 쿨한 그런 곳.

하지만 하숙생으로 지낸 그 세월만큼은 20년이 훨씬 지난 오늘도 잊혀지지 않는다. 그때 만난 사람들의 얼굴은 이제 희미해졌지만, 그래도 장마철 반지하를 지배하던 곰팡이며, 방마다 주렁주렁 널려 있던 빨래며, 어느 저녁 먹었던 평범한 한 끼 식사가 순간순간 불쑥거리며 내 기억을 지배한다. 하숙의 기억은 흡연의 그것과 같아서 뇌의 한쪽 구석에 인으로 박혀 있나보다.

그건 아마도 우리가 젊었기 때문이고,

젊은 우리는 장미처럼 아름다웠기 때문이라고, 나는 생각한다.

장미여관 동네엔 아직도 많은 모텔과 술집이 성업 중이다.

나는 요즘도 신촌에 갈 때면 장미여관 골목을 한번 둘러보곤 한다. 아직까지 몇 채의 하숙이 남아 있긴 하지만, 지금은 '지부'도 사라졌고, 소돔과 고모라 같던 하숙집도 모두 헐리고 없다. 오로지 모텔들만이 승리자처럼 남아있다.

하숙을 떠난 지 얼마 되지 않았던 어느 취한 밤,

나는 그렇게 행복했던 '지부' 앞에 서서는

문고리를 잡고 들어가볼까 말까 한참 동안을 망설이고 있었다.

그러나, 이제 다시는 그 문으로 들어갈 수 없을 거라는 걸 나는 잘 알고 있었다.

부산에서 살던 때가
그립습니다
ⓒ 여운규

초판인쇄 2017년 8월 28일
초판발행 2017년 9월 4일

지은이 여운규
펴낸이 강성민
편집장 이은혜
편집 박은아 곽우정 김지수 이은경
편집보조 임채원
마케팅 이연실 이숙재 정현민
홍보 김희숙 김상만 이천희

펴낸곳 (주)글항아리│출판등록 2009년 1월 19일 제406-2009-000002호

주소 10881 경기도 파주시 회동길 210
전자우편 bookpot@hanmail.net
전화번호 031-955-8891(마케팅) 031-955-1936(편집부)
팩스 031-955-2557

ISBN 978-89-6735-444-2 03800

에쎄는 (주)글항아리의 비소설 분야 브랜드입니다.

이 도서의 국립중앙도서관 출판예정도서목록(CIP)은 서지정보유통지원시스템 홈페이지
(http://seoji.nl.go.kr)와 국가자료공동목록시스템(http://www.nl.go.kr/kolisnet)에서
이용하실 수 있습니다. (CIP제어번호 : CIP2017020211)